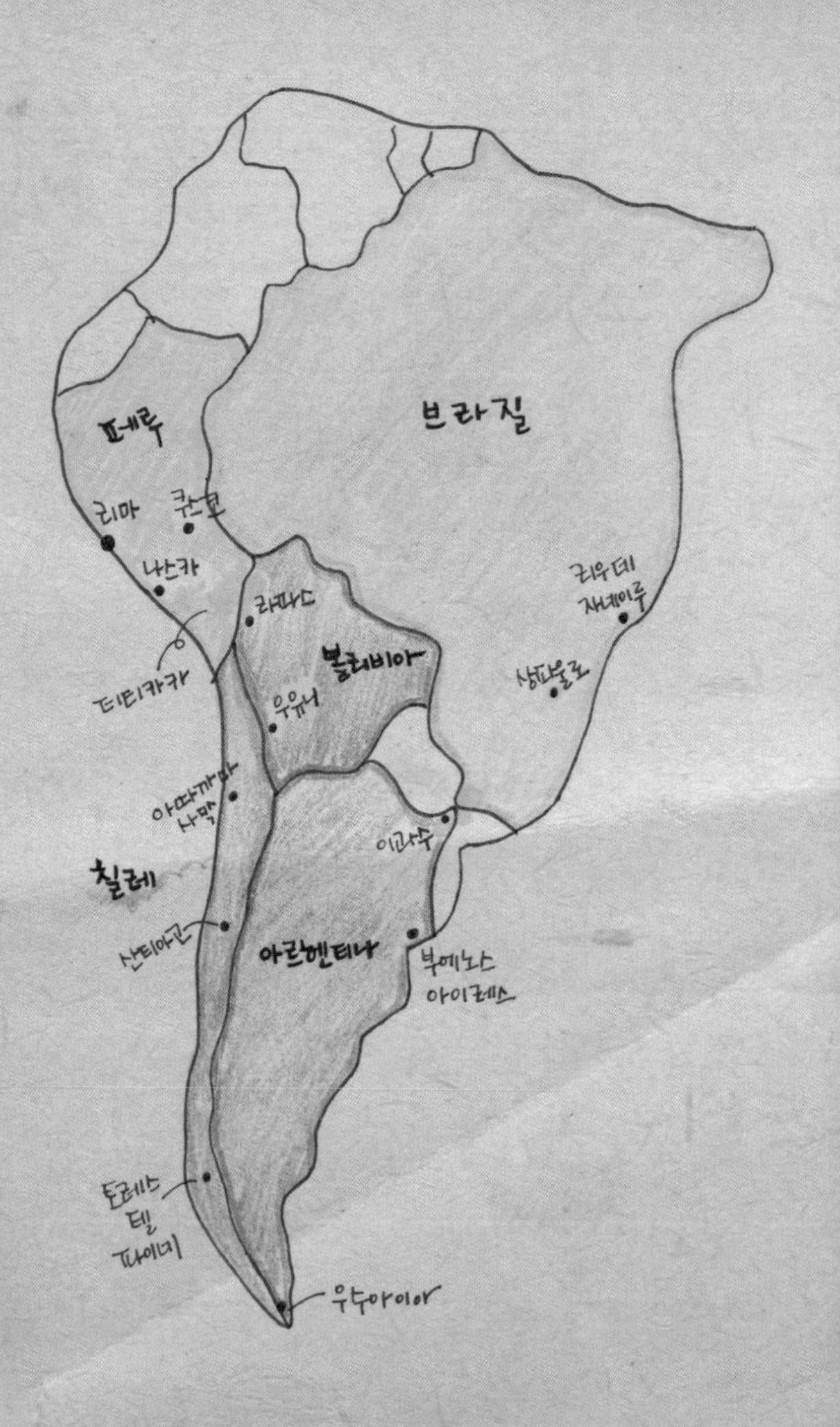

브라질
페루
리마
쿠스코
나스카
라파스
티티카카
볼리비아
우유니
리우데
자네이루
상파울로
아따까마
사막
칠레
이과수
산티아고
아르헨티나
부에노스
아이레스
토레스
델
파이네
우수아이아

아, 이제
남미에
가야겠다

아, 이제 남미에 가야겠다

고생이 싫은 여행자의 남미여행기

정현정 지음

팜파스

파울라 코엘료는 '연금술사'에서 이렇게 말한다. "자네가 무언가를 간절히 원할 때 온 우주는 자네의 소망이 실현되도록 도와준다네." 그럴 리가. 우리가 무언가를 간절히 원한다고 해도 온 우주가 나서서 도와주는 날은 결코 쉽게 오지 않는다. 여행을 가기에 '완벽한 때'란 없다. 돈도 충분히 있고, 회사는 마침 긴 휴가를 내주고, 함께 떠날 좋은 사람도 있고, 어느새 그 나라 말이 입에서 술술 나오고, 항공, 버스, 숙소 예약이 완벽하게 완료되어 온 우주가 등을 떠밀어 여행을 다녀오라고 하는 타이밍을 만나기란 어려운 일이다.

배낭 여행자 대부분은 '그럼에도 불구하고' 떠난다. 돈이 없지만 우선 떠나서 남의 집 소파에서 며칠 밤을 신세지기도 하고, 오래 다닌 회사에 사표를 내고 돌아올 곳이 없다는 불안감을 베개 삼아 잠들며 세계를 떠돈다. 현지에서 만난 좋은 친구라고 믿었던 이들에게 돈을 털리기도 하고, 그 나라 말을 줄을 치며 외웠건만 욕인지 칭찬인지 구분이 안 되서 어정쩡하게 웃게 되기도 한다. 세상에, 이 모든 고난을 자기 돈을 들여가며 겪는 자들이 이 지구에는 왜 이다지도 많은지. 게다가 고난을 계속 겪으면 멍청해지는지, 시장에서 끈질긴 흥정 끝에 천 원을 깎았다는 기쁨에 기뻐서 방방 뛰고, 누군가 공짜로 건넨 과일 하나에 입이 찢어지게 웃는다. 정말 구제불능이 아닐 수 없다.

나도 이 지구의 거대한 미스터리에 한 자리를 차지한 셈인데, 왜 남미에 다녀왔냐는 물음에 '그냥 가보고 싶어서'라는 말밖에 못하는 걸 보면 정말 단단히 멍청해진 게 아닐까 의심이 든다. 어쩌면 그 미스터리를 풀고자, 이 여행기를 쓰기 시작했는지도 모른다. 여행은 완벽한 준비를 도모하는 함정에 빠지지 않은 자들이 다녀올 수 있는 가벼운 실수다. 일단 우선 그냥 떠나자는 마음으로 고난을 시작하는 모든 이들에게 동지의 마음으로 이 책을 바친다. 완벽한 삶이 없듯이, 완벽한 여행은 없다. 그렇기에 완벽한 여행기도 없다는 사실을 염두에 두시길.

이 여행에서 완벽했던 것이 하나 있다면, 함께했던 사람들이다. 돌아와서 큰 병도 씩씩하게 이겨낸 영원한 여행 파트너 지숙, 기꺼이 멋진 사진을 제공해준 민얼, 대장을 비롯한 남미사랑 배낭 여행팀 사람들, 대책 없이 비행기 타고 온 언니에게 밴쿠버의 아파트 한 켠을 내어준 사랑하는 동생들 윤정, 송미 그리고 이 여행기를 멋진 책으로 만들어준 이진아 실장님과 팜파스 출판사에 감사 인사를 전한다.

정현정

CONTENTS

PROLOGUE

사건의 발단, 나는 왜 남미에 가기로 결심했나

'남미에 간다. 남미는 멀어서 오래 걸려. 여름 휴가로는 갈 수 없어. 그러니 회사를 그만둔다. 그리고 회사를 그만둔다고 말한다.'

이 모든 결정을 내리기까지 그다지 많은 시간이 필요하지 않았다. 물론 몇 년 전부터 나의 관심사는 스페인, 스페인어, 남미 여행에 집중해 있었지만 회사를 그만두면서까지 남미에 갈 정도의 열정은 아니었다.

여름이 가까워지던 날, 친구를 만났다. 자주 보는 친구는 아니었지만 왠지 보고 싶은 마음에 여의도에서 만나 캐치볼을 했다. 우리는 공을 떼어 주거니 받거니 하며 인사를 나눴다.

"잘 있었니?" "응, 잘 있었어."

그 친구는 말만 하면 누구나 부러워하는 회사에 다니고 있었다. 지금도 잘 다니고 있다. 친구는 이렇게 말했다.

"회사에서 1년 연수 휴가를 받아서 파리에 다녀올 거야. 1년 동안 파리에 살려고."

"빠아리이?"

이야, 역시 회사는 좋은 데 다녀야 돼. 1년이나 파리에 살다 올 수 있다니. 정말 부럽다라고 생각했다. 함께 떡볶이를 먹고, 술을 마시고 집에 돌아왔다. 그리고 부러움에 몸서리를 치던 어느 날 문득, 이런 생각이 들었다. '나는 왜 가면 안 돼? 회사에서 안 보내주니까? 친구도 회사에서 1년 동안 월급 못 받는 건 똑같은데? 난 이 회사를 평생 다닐 건가? 죽을 때까지? 그런 거 아니잖아. 그래, 난 내가 보내준다! 직장은 돌아와서 다시 구

하면 될 거야.'

속 좁은 한 인간의 단순한 시기와 질투는 이렇게 남미 여행이라는 원대한 꿈을 계획하게 되었다. 그리고 돌아와서는 누구보다 더 열심히 일할 것이라고 결심했다. 이런 자신감에 가득 차, 사표를 던지고 남미로 향했다. 그러니까 남의 떡이 커 보이면 못 견디고, 떡이 없으면 뺑튀기라도 사먹으려는 의지를 가진, 시기 질투에 능한 인간이라면 누구나 떠날 수 있다.

여행을 떠나기 전 고민들

2012년 7월 회사를 그만둘 때까지 정말 열심히 다녔다. 그러면서 남미 여행 준비는 설렁설렁 했다. 지금까지 여행을 하면서 단 한 번도 여행을 빡세게 한 것에 보람을 느낀 적이 없었다. 내 여행은 본디 일상에서 벗어나 어슬렁거리는 데 목적이 있다. 가서도 여유가 있어야 하지만, 준비 과정도 여유로워야 한다.

남미 여행 계획에 앞서 나 자신에게 물음을 던졌다.

첫째, 난 스페인어를 하는가? 스페인어를 배우긴 했다. 무려 네 달 동안이나 엄청 유명한 선생님에게. 그것도 꾸준히! 하지만 스페인어로 1에서 10까지 못 세는 수준이다. 사람이 어떻게 그럴 수 있느냐고? 선생님은 죄가 없다. 스페인어를 듣는 건 너무 좋지만, 그걸 내가 할 수 있게 되리라고는 생각되지 않았다.

둘째, 난 이동 루트를 고려해 철저한 여행 계획을 세울 수 있는가? 이동 루트는 짤 수 있겠지만, 남미가 해남도 아니고 그걸 모두 고려해 이동 경로를 짜고, 모든 티켓을 예매하는 것은 생각만 해도 골치가 아팠다. 아, 누가 이걸 다 해준다면 난 기꺼이 돈을 지불할 의향이 있다.

셋째, 혼자 갈 수 있는가? 아니! 그건 너무 심심한 일이다. 길 위에선 누구나 친구가 된다며 외국인 친구들과 어깨동무하며 사진을 찍을 순 있지만, 그들과의 우정은 별개로 말 한마디 안 해도 편하게 다닐 수 있는 친구가 필요하다. 동행이 아니라, 여정을 함께할 수 있는 친구. 베테랑 여행가들이 아무리 혼자 하는 여행이 진정한 여행이라고 입을 모아 말하고, 그런 여행 속에서 자아를 발견할 수 있다고 하지만, '자아는 서울에서 찾을 테니 마음 편한 여행을 가고 싶어!'가 내 순수한 바람이었다.

이 모든 상황에 대처할 수 있는 방법들이 하나씩 생겨났다.

우선 매년 여름 휴가를 함께 한 친구인 L을 섭외했다. 함께 중국 운남성, 터키, 스페인 등을 여행하며 우리는 최적의 조합이라는 사실을 깨달았다. 그녀는 지도를 볼 수 있지만, 난 못 본다. 그녀는 잦은 해외 출장 경험으로 공항이나 비행기에서의 유용한 팁을 모두 알고 있지만, 나는 모른다. 그녀는 어떤 음식이든지 맛있게 먹는데, 그건 나도 그렇다. 그녀는 술을 사랑하고, 나도 그렇다. 그러나 그녀에게는 회사를 그만두고 여행을 가자는 친구가 없다. 그래서 그 역할을 내가 하기로 했다. 여행 파트너로서 최적인 그녀가 지금 회사 일에도 지쳐 있고, 연애도 잘 안 풀린다. 이럴 때 술잔을 기울이며 기회를 잡아야 한다. 항상 올 수 있는 기회는 아니니까! "남미 안 갈래?" 어라, 그녀는 생각보다 쉽게 "오케이!"를 외쳤다. 최소한 그녀가 지도는 볼 수 있으니까 우린 무사히 집으로 돌아올 수 있을 거다. 첫 번째 미션 클리어!

두 번째로, 모든 루트를 섭렵하여 최적의 여행 계획을 짜줄 여행 상품을 찾았다. 배낭 여행으로 가고 싶고, 최대한 자율성을 갖되, 이동 시 교통수단 등의 예매 걱정을 덜어줄 수 있는 건 뭘까? 나같이 게으르지만 남미 여행을 가고 싶어 하는 사람들이 여러 명 있었는지, 네이버 카페에 그런 사람들을 모아서 여행을 가는 프로그램이 있었다. 6주 코스. 좋아, 이걸로 간다! (남미 여행으로 유명한 네이버 카페 '남미 사랑' 프로그램에 참여해서 이 여행이 가능할 수 있었다. 혼자 가더라도 유용한 정보가 많으니 둘러보면 좋다. 비슷한 프로그램이 '오지여행'이라는 여행사에도 있다. 요모조모 비교해보시길.)

친구를 섭외했고, 여행 프로그램에 돈도 냈고, 아, 이걸로 됐다. 아 참, 난 여전히 스페인어를 할 줄 모르는구나. 그건 회사 그만두고 시간이 남을 때 공부해야겠다.

제일 중요한 돈은? 지금은 사라진 나의 퇴직금(일동 묵념……)으로 무사히 다녀올 수 있었다.

이렇게 무모하게, 누가 보면 속 편하게, 남미 여행이 시작되었다.

우선 서울에서 한 달 놀기

"자, 남미로!"라고 시작되는 여행기를 바랐던 분들께는 죄송하지만, 모든 준비를 마치고도 난 바로 남미로 떠날 수 없었다. 이유는 단 하나, 여름에 떠나는 비행기표는 100% 비싸다. 꼭 여름에 여행을 가야 하는 바쁜 직장인들을 위해 시간 많은 백수는 그 자리를 양보하기로 했다. 그리고 여름이 지나기를 기다렸다. 비행기표는 9월. 회사는 7월까지 다녔다. 나에게는 서울에서의 '8월'이라는 시간이 덩그러니 남았다.

여행 가기 전 도대체 뭘 해야 할까? 쨍쨍한 8월을 모두가 부러워할 만큼 잘 보내고 싶었는데, 그러기에는 날씨가 너무 더웠다. 내가 하고 싶은 일은 그동안 못다 본 '책읽기'였다. 딱히 할 일도, 불러주는 사람도 없는 날에는 근처 카페로 가 하루 종일 책을 읽었다.

어느 날 옆자리의 외국인이 말을 걸어왔다. "저기, 이것 좀 알려줄래?" 그는 유튜브 강좌를 통해 한국어를 공부하고 있었다. 질문 내용을 들

The movement of a crowd is one of [illegible]
continuous metamorphoses — a prerequisite for
[illegible] I believe. Fascinating like a procession
of clouds or ocean waves the diabolical dance
of flames, the crowd, by its human significance
transcends all these to attain drama
[illegible] with my sculptures [illegible]
[illegible] crevices seems [illegible]

However I [illegible]

	singular	
	Como	[illegible]
	Comes	Coméis
	Come	Comen

	singular	plural
1st	yo	nosotros
2nd	tú	vosotros
3rd	él, ella, usted	ell[illegible], ustedes

[illegible]blar – To speak

	singular	plural
1st	Hablo	Hablamos
2nd	Hablas	Habláis
3rd	Habla	Hablan

그날의 기록들.
꾸준하게 외우고, 줄기차게 까먹었다.

	singular	plural
1st	Hablo	Hablamos
2nd	Hablas	Habláis
3rd	Habla	Hablan

어보니, 공부를 하겠다는 학구열보다는 카페에서 하루에 열 명의 한국 여자에게 말 걸기 미션을 수행하는 쪽에 가까워 보였다. 대강 대답을 하고 생각해보니, 그 남자가 공부하는 방식은 정말 좋았다. 나도 집에 노트북이 있고, 심지어 뉴아이패드도 있다. 그걸로 유튜브를 열어서 스페인어 공부를 하는 거다! 부족한 점이 있다면, 귀여운 척 짧은 스페인어로 말을 걸어볼 스페인 남자가 없다는 거지만……. 당장 집에 와서 스페인어 강좌를 뒤져 드디어 숫자 1에서 10까지 세기부터 공부를 다시 시작했다.

그렇게 매일 카페에서 스페인어 공부를 하고, 책을 읽었다. 김연수는 항상 날 격려했고, 빌 브라이슨은 날 웃겼다. 온 세상이 나를 응원하는 것 같았다. 그렇게 가장 뜨거웠다는 2012년 8월 한달을 서울에서 책을 읽으며 보냈다. 부러워하는 친구들에게는 "여름에는 회사에 있어야 해. 회사가 제일 시원해"라는 심심한 위로의 말을 건네며. (약올리듯 말했지만, 이제 와서 고백하건대, 진심이었다. 여름에는 회사가 제일 시원하다!)

TIPS FOR TRAVEL

1 스페인어 유튜브 강좌 중에서는 두 가지 강좌를 추천한다. 첫째는 나의 스페인어 선생님, 유명한데 훌륭하기까지 한 이지가을의 강좌이고, 둘째는 'SpanishDict'이다. 유튜브에서 '이지가을', 'SpanishDict'를 쳐보면 된다.

2 남미 여행 전에 남미 여행과 관련해 읽은 책은 〈1만 시간 동안의 남미〉 1,2,3권 (박민우) / 〈서른살의 일요일들〉 (손수진) / 〈남미, 나를 만나기 위해 너에게로 갔다〉 (박재영) 등이 있다. 나열 순서는 추천하고 싶은 순서!

SOUTH
AMERICA

Scale 1:60,000,000

English Miles

사진제공 이민얼

TRAVEL IN SOUTH AMERICA

가자, 남미로!

TRAVEL IN SOUTH AMERICA

드디어 한국을 떠나다

남미 여행 프로그램에 돈을 내긴 했지만, 친구와 나는 계획이 달랐다. 친구는 한국에서부터 출발하는 사람들과 함께 비행기를 타고 남미에 가는 일정이고, 나는 캐나다와 미국에 머물다가 직접 남미로 가서 일행을 만날 예정이었다. 친구는 짧게 남미에만 집중하는 대신, 회사를 그만두지 않고 긴 휴가를 얻었다. 즉 월급이 나오는 여행자와 내 돈을 까먹는 여행자, 우리의 신분은 이렇게 나뉘었다. 어차피 내 돈 쓰는 거, 최대한 많은 곳을 경험하고 싶었다. 캐나다와 미국은 남미에 가기에 가장 좋은 나라이고, 몇 밤을 재워줄 지인들이 있는 곳이다. 또, 정말 오랜만에 어학연수 하던 때의 기분도 내고 싶었다. 캐나다와 미국 여행을 하고 남미에 들어가면, '북미와 남미를 횡단했지, 후훗!' 이런 허영심도 마음껏 느낄 수 있을 터였다. 캐나다 밴쿠버, 미국 샌프란시스코와 시애틀에서 여행이라기보다는 생활에 가까운 시간들을 보냈다.

샌프란시스코 케이블카

밴쿠버의 빨간 스타벅스

시애틀의 유명한
크램 차우더

캐나다 밴쿠버에서 있으면서, 중국 운남성에서 만났던 배낭 여행가 아저씨, 아줌마를 만났다. 예순이 넘는 나이에 처음 배낭 여행을 시작했던 그분들은 전 세계 안 누빈 나라가 없을 정도로 열정적인 배낭 여행가들이다. 중국 운남성 호도협 산장에서 우연히 만나서 피자에 맥주에 모든 걸 아낌없이 사주셨던 고마운 분들이기도 하다. (고산지대에서는 과식을 해선 안 된다는 걸 아셨는지, 모르셨는지 엄청 권해주신 덕분에 다음 날 내가 먹은 음식에 내가 눌려 있었다.) 심지어, 학생도 아니고 돈 잘 번다고 허풍까지 쳐도 손에 용돈을 쥐어주시기까지 하셨다. 사람이 힘들 때 먹을 걸 먹이고, 용돈까지 주면 십중팔구 눈물을 흘리며 필요하지도 않은 충성을 맹세하게 된다. 그분들이 사시는 밴쿠버에 머무를 예정이니, 얼굴 뵙고 앞으로의 배낭 여행 계획을 말씀드리는 것은 바로 충성심의 발로였다.

밴쿠버의 유명한 브런치 레스토랑

예상대로 밴쿠버에서 아저씨 아줌마는 남이나 마찬가지인, 그러나 충신인 나를 내치지 않으셨다. "넌 정말 여행을 좋아하는 거야. 그런 곳까지 찾아간다는 건"이라고 격려해주셔서 남미에 갈 힘을 좀 더 얻을 수 있었다. 특히, 칠레의 토레스 델 파이네를 추천하시며 엄청난 걸 느끼게 될 거라고 하셔서 슬렁슬렁 가는 여행에 약간의 비장함을 더할 수 있었다. 큰 배낭을 하나씩 짊어지고 여행을 하시면서도, 아줌마 가방에 들어 있는 간식이 무거울까봐 몰래 빼서 자기 배낭에 넣어두는 아저씨. 아줌마 다리가 불편해서 오래 걸을 수 없게 되자, 혼자 여행 가는 건 아무 의미가 없다며 자동차 여행을 준비하시는 아저씨. 그런 아저씨를 위해 세계 각국의 요리를 마스터하는 아줌마. 이 두 분의 사랑에 대한 부러움에 우선 넋을 놓고, 아줌마가 10인분은 됨직한 상차림을 내오셔서 또 넋을 놓게 된 만남이었다.

캐나다 밴쿠버, 미국의 시애틀과 샌프란시스코 모두 이분들이 해주셨던 만큼, 여러 친구들과 지인들에게 따뜻한 환영을 받으며 잘 먹고 잘 놀았다. '현지 생활 영어'를 나누며 영어 공부도 하고, 잉글리시 베이를 걸으며 산책도 하고, 아이패드로 전자책도 읽었다. 그때의 에피소드들은 남미 여행기 뒤편으로 미뤄둔다.

서울보다 더 깨끗하고 정돈되어 있는 도시 생활을 하면서, 얼른 남미에 가고 싶었다. 이제 영어 말고, 스페인어를 듣고 싶었다. 그리고 그날이 왔다.

TIPS FOR TRAVEL

1 **비행기 티켓 Tip:** 남미에 가는 비행기 티켓 중 Air Canada 티켓을 사면, 캐나다에 스톱오버를 최대 2달 동안 할 수 있다. 나는 한국-남미 왕복 항공권을 하나를 사서, 캐나다에서 스톱오버하는 방법을 이용했다. 비행기 티켓 예매는 '남미 사랑', '오지여행' 등 남미 전문 여행사를 통해 할 수 있고, 직접 Air Canada 사이트나 'whypaymore', '인터파크투어' 등을 이용해 예매 가능하다. 북미 내에서의 비행기 티켓 예약은 'Kayak', 'Cheap ticket' 사이트를 이용해 제일 싼 티켓을 찾았다.

2 **숙소:** 대부분 지인 집에서 해결했지만, 게스트 하우스에서 잘 때는 제일 유명한 호스텔 예약 사이트 'Hostelworld'를 이용했다. 샌프란시스코의 'HI-San Francisco Downtown(Union Square)'은 위치도 좋고, 추천할 만하다.

3 **맛집:** 미국 맛집 사이트인 'Yelp'를 이용해서 많은 정보를 얻었다. 스마트폰 앱도 있으니, 활용해보시길.

TRAVEL IN SOUTH AMERICA

캐나다 밴쿠버에서 페루 리마까지

밴쿠버 다운타운에서 밴쿠버 공항으로 가는 방법은? 정말 여러 가지 편리한 방법이 있겠지만, 한낱 배낭 여행자인 나는 버스와 지하철을 이용해 공항으로 가기로 했다. 해가 뜨기는커녕 방금 진 것 같은 깜깜한 새벽에 내 몸만 한 배낭을 메고, 버스 정류장까지 걸었다. 그리고 버스 정류장에서 첫 버스를 하염없이 기다리는데, 술주정뱅이 남자가 나에게 다가왔다.

"야, 이거 뭐야?" 하며 내 배낭을 툭툭 쳤다. "왜 말이 없어? 이거 뭐야? 이 노란색 뭔데?"라며 형광 노란색 배낭커버를 가리켰다. '내가 너랑 싸우려고 이 새벽에 나온 게 아니란다. 썩 꺼져!' 라고 하고 싶었지만 '술 취한 사람 건드리지 않는 건 아마 만국 공통이겠지?'라는 생각에 그냥 가만히 아무 말도 없이 있었다. 그건 캐나다부터 케냐까지 퍼져 있는 국제 상식일 거라 믿었다. 깜깜한 새벽에 술 취한 남자가 위협적이기도 했고, 그놈이 내 가방을 툭툭 치며 계속 술주정을 하는데 눈물이 날 것 같았다. 내가 서울 지하철에서 술 취한 아저씨들의 술주정을 겪다가 이젠 밴쿠버에서까지 이런 놈을 만나야 되는구나. 왜 난 택시비를 아끼려고 이런 일을 겪고 있나.

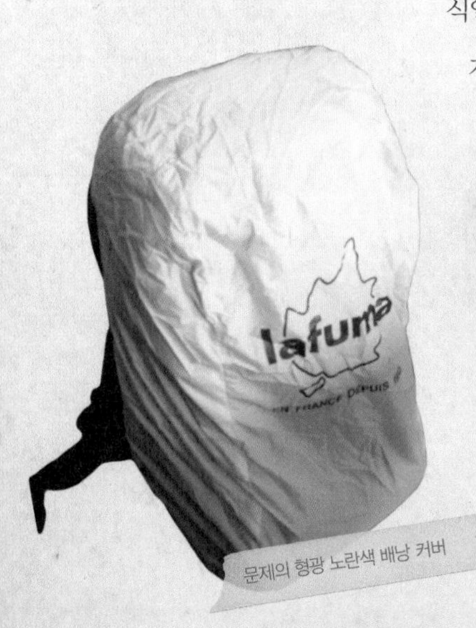

문제의 형광 노란색 배낭 커버

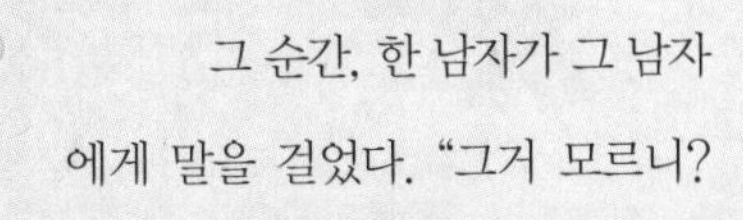

그 순간, 한 남자가 그 남자에게 말을 걸었다. "그거 모르니?

배낭 커버야. 나도 집에 있지. 걔한테 그만 말 걸어." 그랬더니 술 취한 남자가 머쓱했든지 "너도 집에 있니?" 따위의 말을 중얼거리며 날 스쳐 지나갔다. 머리 빡빡 민, 뿔테 안경 쓰신 남자분, 복 받으실 거예요. 그때 제 눈에는 키아누 리브스가 삭발한 거 같았어요. 내가 밴쿠버에 살면 명함이라도 받았을 텐데. 낯선 이의 호의로 무사히 버스까지는 탑승했는데, 지하철역을 몰라서 계단을 몇 번이나 오르락내리락. 지하철 티켓 살 잔돈이 없어서 스타벅스를 왔다갔다. 우여곡절 끝에 밴쿠버 국제공항에 성공적으로 도착했다.

캐나다 커피 브랜드 BLENZ COFFEE

밴쿠버 안녕, 또 만나.
햇살 좋은 날의 잉글리시 베이

티케팅을 위해 줄을 서 있는데, 내 옆에 서 있는 아줌마들이 정겹다. 스페인어로 대화를 나누시는 걸로 봐서, 남미 사람이 분명하다. 남미 아줌마들이 수다를 떠는 모습은 우리나라 아줌마들과 비슷해 보인다. 키나 체형, 웃는 모습이 닮아서일까. 수속은 점점 늦어지고, 아줌마가 "이거 같은 비행기 맞니?"라고 물어보셔서 우린 대화를 시작했다.

"리마에 가요."

"페루에? 왜?"

"그냥 여행이에요."

"정말? 난 리마에 살아. 리마는 정말 좋은 곳이야."

"네, 전 티티카카 호수도 갈 거예요. 마추픽추도 가고요."

"그래? 난 안 가봤어. 하지만 정말 멋질 거야. 근데 너 스페인어 할 줄 아니?"

"아뇨, 거의 못해요."

"응, 괜찮아. 리마에는 영어 하는 사람이 아주 많아."

(아줌마 말은 사실이었다. 리마에는 영어 하는 사람이 아주 많았다.)

우린 그렇게 같은 비행기에 탔고, 아줌마와 영어를 못하는 아줌마의 언니들과 눈인사를 나눴다.

내 비행기 옆자리에는 인자하기 그지 없어 보이는 캐나다인 노부부가 앉았다. 그들은 세련된 국제 시민답게 나에게 간단한 인사와 함께 말을 걸기 시작했다. 때마침 나는 캐나다 밴쿠버 서점에서 산 무려 영어로 된 'South America' 가이드북을 읽고 있었다. 영어 가이드북의 장점은 역시 폼이 난다는 거다. 특히 론리 플래닛이 아닌 다른 가이드북을 들고 다니는 게 조금 더 폼이 난다. '난 평범한 여행이 싫어. 누구나 읽는 가이드북을 혐오하지. 게다가 영어가 무척 능숙해. 휴~ 스페인어권인 게 안타깝군.' 이런 분위기를 연출할 수 있다. 내가 론리 플래닛도 아닌 Frommer's 가이드북 영어판을 가지고 다니게 된 이유는 이렇다.

한국에서 론리 플래닛 남미편을 사려고 했는데, 너무 비쌌다. 아, 맞다! 이 책의 원산지는 미국인데, 난 미국에 가잖아? 미국에 가서 사야겠

가이드북의 가격은...39.99 캐나다달러

배낭 위의 가이드북

다. 영문판은 심지어 폼도 나니깐! 그래서 미국 서점에 갔는데, 한국이 더 쌌다. 그래서 밴쿠버 서점에 갔는데, 역시 한국이 더 쌌다. 한국의 인터넷 서점은 놀라운 곳이다. 아마존에서 살게 아니라면 알라딘에서 사야 했다는 걸 깨닫고, Frommer's를 골랐다. 론리 플래닛을 더 비싸게 주고 사기에는 내 마음이 너무 아팠으니까. Frommer's가 론리 플래닛보다 아주 조금 더 쌌으니까. 여행 내내 난 이 긴 이야기를 생략한 채, 겸손한 미소로 가이드북을 응시했다.

아무튼 그 노부부는 내 책을 보더니, "남미에 가는 거니?"라며 친근하게 물었다. 그리고 자신들의 남미 여행 이야기를 들려주었다. 남미 이야기에 이어서는 중국과 베트남을 여행한 이야기를 따스하게 들려주었다. 중간중간 "알아듣고 있니?"라는 말을 곁들이면서. "네, 하지만 전 한국 사람이고 중국이나 베트남은 할아버지 할머니만큼 가본 적도 없는걸요. 그리고 전 입양되어가는 열 살짜리 소녀가 아니라 내일모레 서른인 배낭 여행자예요"라고 말하고 싶었지만 입을 다물었다. 나에게 동양 문화에 대한 이해와 사랑을 상세하게 피력하시는 것 빼고는 정말 다정하고 좋은 사람들이었다. 그분들은 밴쿠버에서 농사를 짓는데, 여행이 취미라고 하셨다. 나뿐만 아니라 스튜어디스와도 유쾌하게 대화를 나누셨다. 그 대화에서 내가 소외될까봐 배려해주셨지만, 난 어차피 끼어들어 하하호호 웃을 기운이 없었기 때문에 상관없었다.

하지만 그 대화에서 매우 중요한 사실을 깨달았는데, 바로 내가 페루행 비행기를 놓칠 수도 있다는 사실이었다. 그 순간, 정신이 번쩍 들었다. "뭐라고요? 비행기가 연착되어 토론토에서 갈아탈 시간이 빠듯하다고요?" 스튜어디스는 이 상황을 설명해주며 도착하자마자 전속력으로 앞만 보고 뛸 것을 주문했다. "그래, 알겠어. 도착하자마자 뛸게." 노부부는 내가 못 알아들은 거 같다며 도착하자마자 전속력으로 앞만 보고 뛸 것을 다시 한 번 당부했다. "네, 알겠어요. 뛸게요." 침착하게 마음의 준비를 하는데 페루 아줌마가 비행기 꽁지에서 앞에 있는 나에게까지 걸어와 "너 혹시 들었니? 우리 토론토에 도착하자마자 엄청 뛰어야 해"라고 손을 잡으며 당부했다. "네, 알겠어요. 뛸게요." 또 한 번 대답했다. 아줌마는 뛰어가는 시늉을 하며 "RUN! FAST! TOGETHER!"라고 내 눈을 보며 또박또박 이야기했다. 나는 그 단어를 모두 따라 했다. "RUN! FAST! TOGETHER!"

토론토 공항에 도착하는 순간, 우리는 제일 먼저 비행기에서 뛰쳐나갔고 노부부의 응원 속에 달리고, 또 달렸다. 아줌마는 내 손을 꼭 잡고 뛰었다. 아줌마의 언니들도 우리 뒤를 따라오고 있었다. 아줌마 손을 잡고 토론토 공항을 가로지르며, 난 이미 페루가 좋아졌다. 내 손을 잡고 뛰어주는 낯선 이가 페루가 좋을 거라고, 리마는 좋은 곳이라는데 왜 아니겠는가. 페루는 분명히 좋을 것이고, 난 이 비행기를 타기만 하면 된다. 그렇게 숨을 헐떡이며 뛰어간 탑승장에는 한국에서 꼬셔온 내 친구 L과 나머지 일행이 기다리고 있었다. 자, 이제 페루로 간다!

PERU

TRAVEL IN SOUTH AMERICA

페루 리마, 머리부터 발끝까지 다 사랑스러워

리마 공항에 도착했을 때는 이미 한밤중이었다. 새벽별을 보며 출발해서, 다시 밤하늘에 별이 떠 있을 때 도착했다. 이 여행 프로그램을 기획한 인솔자 님(우리는 그를 '대장'이라고 불렀다)과 첫인사를 나누고, 택시를 타고 공항을 빠져나갔다.

내가 '택시'라고 표현한 그 차는 분명 한국 어딘가에서 아이들을 태우고 다니던 보습 학원차로 그 생명을 다하고, 페루 리마에 와서 '택시'라는 이름으로 불리고 있는 것 같았다. 우리는 사람이라기보다는 '날라져야 할 짐' 중 하나로 그 차에 구겨져 있었고, 나는 '아, 이렇게 차에 사람이 많이 구겨져서 타는 것을 TV에서 본 것 같아. 신기하다'는 생각으로 정신승리를 하고 있었다. 뺨을 거의 차 창문에 닿고 바라본 도로에서는 모두가 우리처럼 탈 수 있는 만큼 잔뜩 차에 타서 어딘가로 '옮겨지고' 있었다. 나중에 숙소에 도착했을 때, 택시기사가 "어? 우리 작은 아버지도 타셨었네? 어디 가시는 길이세요?"라고 차에 있는 사람 중 누군가에게 물어도 이상하지 않을 정도였다.

미라플로레스 절벽 그리고 바다!

남미에 도착해 공항을 나서자마자 강도에게 여권과 돈을 모두 빼앗겼다는 주변 지인의 경험담에 비하면, 출발이 매우 순조로웠다. 그렇게 숙소에 무사히 도착했고, 호스텔은 세계 어느 호스텔과 다르지 않게 불편한 점은 불편했고, 좋은 점은 좋았다.

불편한 점은 한 번 들어가면 나올 줄 모르는 ZERO 탄성의 매트리스

다음 날 아침, 일어나 드디어 본격적인 '남미 여행 첫째 날'이 시작됐다. 걱정은 없었다. 페루 아줌마가 리마는 좋은 곳이라고 했으니까. 우선 택시를 타고, 리마의 신시가지라는 '미라플로레스Miraflores'로 향했다. 날씨는 생각보다 쌀쌀했다. 따뜻할 줄 알았던 샌프란시스코와 시애틀에서 찬바람을 잔뜩 맞고, 오리털 점퍼 하나로 버티다 남미에 왔더니, 남미 역시 찬바람으로 날 반기고 있었다. 백화점에서 창고 대방출 세일할 때 3만 9천 원 주고 산 이 오리털 점퍼가 아니었다면, 이번 여행은 더 혹독했으리라. 이런 핑계로 미라플로레스에서 웃옷을 하나 살 계획이었고, 또 맛있는 커피를 마시고 싶었다. 미라플로레스는 우리나라로 치면 코엑스 같은 곳이었다. 깔끔하고 멋졌지만, 페루다운 무언가는 없었다. 우리나라에도 있는 멋진 브랜드들이 널찍한 브랜드숍을 열어놓았고, 익숙한 패밀리 레스토랑들이 입주해 있었다. 뭐지? 이 코엑스 같은 분위기는. 내심 당황했지만, 점원들의 유쾌함은 페루를 닮아 있었다. "쏘리, 잉글리시 배드"라면서 영어로 이것저것 설명해주는 신발 가게 직원에게 "노, 유어 잉글리시 그레이트"라고 웃어주며 가게를 나섰다.

얼마 안 가서 엄청난 절벽이 나타났다. 그리고 그 아래, 바다가 있었다. 바다가 내려다보이는 카페에 앉아 커피를 마시고, (영어로 되어 있어 무척 폼나는) 가이드북을 보면서 아이폰을 만지작거렸다.

HAVANNA

커피숍 HAVANNA에서 마신 남미에서의 첫 번째 커피.
카페 모카! 귀여운 초콜릿을 함께 준다.

미라플로레스 쇼핑몰.
토니 로마스까지, 한국 쇼핑몰 같다.

로맹 가리는 '새들은 페루에 가서 죽는다'고 했다. 새들이 모여 드는 이곳이 로맹 가리가 말한 그곳일까? 침착하게 로맹 가리를 떠올리고, 가이드북을 들춰봐도 흥분을 감출 수 없었다. 내가 바로, 그 페루에 지금 있다! 여행을 하는 순간순간 나는 이 기분을 어떻게 설명해야 할지 몰랐다. 내가 왜, 지금, 마추픽추에 있지? 내가, 지금, 왜, 우유니 사막에 있지? 이런 기분들이 계속되면서 삶의 엉뚱함에 대해 생각했다. 아침 9시에 헐레벌떡 뛰어와 사무실 책상에 앉아, 컴퓨터 전원을 켜고, 오전 업무를 하다가 점심을 먹으러 가는 그 일상에서 벗어나도 이건 정말 너무 벗어나버린 거다.

페루 리마에서는 즐겁게 먹고, 마셨다. 새콤한 물회 같은 '세비체Ceviche', 차이나타운에서 먹은 페루식 탕수육, 페루에서 맛볼 수 있는 최고의 칵테일 '삐스코 샤워Pisco Sour'가 우리를 무장해제시켰다. "도대체 왜 한국에는 페루 음식이 유행하지 않는 거지?"라는 말만 연달아하며 리마에서의 시간을 즐겼다.

페루 리마 광장 모습.
노란색이 눈에 많이 띈다.

그 중에서 가장 추천하고 싶은 레스토랑은 'La Mar'다. TripAdvisor 리뷰 별 4개 반에 빛나는 유명한 레스토랑인데, 세비체Ceviche로 유명하다. 어느 시간대에 가도 줄을 서게 될 가능성이 농후한데, 칵테일을 마시며 기다리는 자세를 가지는 게 좋다. 이 레스토랑은 그럴 만한 가치가 있으니까. 게다가 칵테일은 정말 훌륭하니까. 모든 음식을 먹을 때마다 내 친구와 나는 거의 신음을 흘렸다. 아, 이렇게 쓰고 있자니 또 가고 싶어진다.

아, 그리고 페루 음식 이외의 사랑스러운 점 한 가지 더.

페루 리마에서의 교통수단은 단연 택시다. 택시를 타고, 목적지를 말하면 된다. '참 쉽죠, 잉?' 호스텔 주소를 가지고 타서 주소를 보여주면, 아저씨들은 "음, 글쎄. 여기가 어디지" 하는 표정을 짓고 우선 동네 근처로 간다. 그리고 차를 세우고 골목에 서 있는 경찰에게 물어본다. "얘네가 여기 간다는데, 혹시 알아?" 그럼 경찰은 빙그레 웃으며 품 안에서 종이 지도를 꺼낸다. 종이 지도를 꺼내 운전기사 아저씨와 머리를 맞대고 "음, 역시 좌회전이 좋겠지?"라며 상의한다. 그 모습이 너무 귀엽고 재미있었다. 내비게이션이나 스마트폰이 아닌, 경찰과 택시기사가 종이 지도를 보며 머리를 맞대고 고민하는 모습. 아줌마 말이 맞네요. 여기는 너무 귀엽고 사랑스러워요!

La Mar 풍경.
친절한 종업원들이 바쁘게 움직인다.

La Mar에서 경험한 최고의 칵테일!

시내에서 그냥 눈에 보이길래 들어간 음식점에서 주문한
'삐스코 샤워'. 계란 흰자를 넣어 흰색이 난다. 그 위엔 시나몬 가루

Cebicheria La Mar

주소: Av. La Mar 770, Miraflores, Lima, Peru (Miraflores)

전화번호: 421-3365

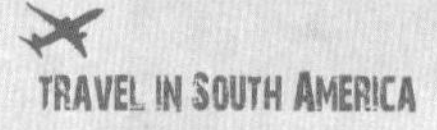

호기심은 사람도 죽인다,
나스카

와카치나의 오아시스 파노라마 샷.
그날 아침의 풍경

페루 리마를 떠나 도착한 곳은 '와카치나'라는 오아시스 마을이다.

와카치나에 도착했을 때, 나는 그것이 납치라 해도 놀라지 않았을 것이다. "자, 너희는 이제 이 모래사막에서 모래를 파내는 일을 죽을 때까지 해야 할 거야"라고 택시기사가 사악하게 웃으며 말한다면 '그래, 내 인생이 이렇게 되었구나'라고 체념할 수 있는 분위기였다. 별과 달 말고는 아무런 빛도 없는 사막을 작은 차가 끝없이 달렸다. 작은 차에는 일행 몇 명이 숨죽이며 있었다. 그렇게 달려 도착한 곳은 '오아시스' 하나로 마을이 만들어졌다는 '와카치나'였다. 오아시스를 둘러싼 하나의 마을에는 홍대 못지않은 '불금'이 펼쳐지고 있었다. 어딜 가나 음악소리가 들렸고, 예쁘게 치장한 아가씨들과 딱 붙는 바지를 입은 남자들이 춤을 추고 있었다.

숙소에 짐을 풀고, 거리로 나가 우리는 물었다.

"어딨어? 물agua?"

"아, 오아시스 말이지? 저기에 있어"

한국말로 통역하자면 이런 뜻이 되겠지. 그렇게 우린 '물', '오아시스'를 찾았고, '음, 이건 뭐지. 경포대 같은데' 하는 얼굴로 다시 번화가로 나왔다. 아직은 어색한 일행들. 그들은 이스터섬, 페루 리마에 머무르며 조금씩 친해진 분위기인데, 캐나다를 거쳐 리마에서 합류한 나는 조금 더 어색한 기분이었다.

조금씩 맥주를 마시며 음악을 듣는데, '강남스타일'이 나왔다. 세상에! 모두가 우리를 보며 말춤을 추는 이상한 날들이 남미 여행 내내 계속되었다. 남미 사람들이 두손을 모으고 다리를 벌리면, 싸이처럼 말춤을 춰야 한다. 연습해가시길!

그리고 한 쌍의 남녀는 차 본네트 위에서 온몸을 부딪히며 사랑을 나누고 있었다. 우리는 맥주 한 잔의 취기도 이기지 못해 잠이 들고, 그들은 쿵쿵거리는 음악을 배경으로 사랑을 나누고. 그렇게 와카치나에서의 첫날밤이 지났다.

다음 날, 눈이 일찍 떠졌다. 아, 빨래를 맡겨야 한다. 나는 친구와 나의 빨래 거리를 모두 챙겨서 숙소를 나섰다. 어딘가 빨래방이 있을 거야. 없으면 산책이나 하지 뭐. 어슬렁어슬렁 걸어나갔더니, 눈앞에 '경포대'라 비웃었던 그 '물', '오아시스'가 펼쳐져 있었다. 아름답다! 와, 이런 광경을 나 혼자 본단 말이지? 혼자서 엄청난 보물을 발견하게 된 악당처럼 실실 웃으며 벤치에 앉았다.

어젯밤에 사랑을 나누던 커플은 여전히 본네트 위에서 어쩔 줄 몰라 하며 사랑을 나누고 있었다. "집이 없니? 차 안은 어떨까?"라고 충고해 주고 싶었지만 그들은 그들의 가장 아름다운 때를, 나는 나의 가장 아름다운 때를 즐기고 있었으므로 그냥 두었다. 빨래를 내려놓고 한참을 오아시스를 바라봤다. 아, 아름다워. 그 광경을 보고 있는 사람은 나와 어떤 서양인 여자 여행자뿐이었다. 이 광경은 부지런한 자들이 가끔 얻을 수 있는 작은 선물이 분명했다.

오아시스를 관통해, 건너편 게스트 하우스에 손짓발짓으로 빨래를 맡기고, 다시 한 번 오아시스를 거닐었다. 도시인 리마를 벗어나, 처음으로 도착한 시골 '와카치나'였다. 서울, 밴쿠버, 시애틀, 샌프란시스코, 리마, 세계에서도 큰 축에 드는 도시들을 거쳐 이 시골에 당도했을 때, 나는 비로소 내 여행이 시작됨을 느꼈다. 그리고 내가 상상조차 못했던 광경인 '나스카'를 보기 위해 차에 올랐다.

나스카에 대해 들어본 적이 있는 것 같기도 하고, 없는 것 같기도 하고. 일요일 아침마다 방송되는 〈서프라이즈〉에서 한 번쯤 나왔을 주제다. 도무지 어떻게 그렸는지 과학적으로 설명이 불가능한 불가사의한 도형과 그림들. 나스카라인은 1992년 유네스코 문화유산으로 지정되었다. 그 대단한 '세계의 불가사의'를 보기 위해 봉고차에 올랐다. 이 봉고차가 우릴 나스카에 데려다줄 것이다. 엄청나게 울퉁거리는 비포장도로를 지나, 우리는 나스카에 도착했다.

여기서 함께 온 일행들은 적나라하게 몸무게를 쟀다. 경비행기를 타고 하늘에서 나스카라인을 봐야 하기 때문에, 경비행기에 타는 사람들의 중량을 계산하기 위한 것이다. 남녀가 섞인 우리 일행은 한 명씩 침착하게 체중계에 올라가 숫자를 가리기에 급급했으나, 화통한 담당직원은 우리 몸무게를 힘차게 소리 내어 외쳤다. 아무리 스페인어에 어두워도 숫자는 귀에 쏙쏙 들어왔고 너무나 쉽게 우리의 몸무게는 노출되었다. 그렇게 우리는 몸무게로 경비행기 파트너가 짝지어졌다.

아침을 먹고 오지 않아서 어서 빨리 보고 와서 밥을 먹고 싶다는 마음뿐이었다. 아침을 먹으면, 십중팔구 경비행기 안에서 모두 토하게 될 테니 빈속으로 가서 끝나고 먹는 게 좋겠다는 충고에 따른 것이었다. '아, 배고파. 도대체 얼마나 토할 것 같길래 밥도 못 먹게 하는 거지?'라는 작은 궁금증을 안고 경비행기에 오르자, '모든 것을 깨달았도다.' 어제 저녁에 먹은 콩 한 쪽까지 토할 것 같은 엄청난 구토감이 밀려왔다.

이렇게 생긴 작은 비행기에 4~5명이 오른다.
그리고, 비행이 시작된다.

토할 준비는 되어 있니?
다정한 조종사 아저씨들

주요 그림을 보여주기 위해 비행기가 낮게 한쪽으로 비행할 때 사진을 찍으면 좋다. 나는 사진이 문제가 아니라, 혼자 사투를 벌이느라 이런 아무것도 없는 사진만 남기고 말았다.

이렇게 선명한 사진을 남길 수 있었던
민얼에게 리스펙트

토하는 자들을 위해 준비된 다정한 물품
비닐봉지. 검은색이면 더 좋았을 텐데요.

비행 경로를 보여주는 지도. 저 그림들을 모두 지났지만,
머릿속에 남는 건 새하얀 비닐봉지뿐.

경비행기 조종사는 우리가 나스카라인을 손으로 만지고 싶어 한다고 생각하는지 왼쪽, 오른쪽으로 기울이며 엄청 가깝게 땅에 다가갔다. 왼쪽에 앉은 사람들 차례야. 잘 봐. 자, 이제 오른쪽 애들 차례다. 잘 보렴~. 아저씨, 마음은 고맙지만, 우욱! 난 친절하게 마련되어 있는 비닐봉지에 입과 코를 넣고 구역질을 참아보려 애썼다.

인류의 문화유산? 세계의 미스터리? 잉카의 유적? 그게 지금 다 무어란 말인가! 롤러코스터도 못 타는 내가 지금 죽기 일보 직전인데! 실신 직전에 경비행기에서 내렸더니, 줄을 서 있던 한 외국인 할아버지가 웃으며 일행에게 농담을 건넨다. "오, 저 여자 봐. 아파 보이는데." 훗~ 맘껏 웃으세요. 할아버지도 저 비행기 안에서는 웃을 수 없을 테니까.

'나는 이렇게 죽나봐' 허풍을 떨다가 함께 간 동생이 과자를 입에 넣어줬는데, 이럴 수가! 이런 상황에서도 과자는 맛있고 배는 고픈 거였다. 아주 작은 매점에 있는 음식을 모두 입에 넣고서야 나스카를 벗어날 힘이 생겼다. 나스카에서는 세계의 문화유산보다 나 자신이 소중하다는 걸 깨달았다. 때로는 호기심을 접고, 몸 생각을 해야 하는 법이다.

나스카까지 함께 온 택시기사는 우리가 모두 끝나기를 기다리고 있었다. 이제 다시 와카치나로 돌아가야 한다. 우리가 거의 다 죽을 듯한 얼굴로 차에 돌아오자, 택시기사는 출발할 준비를 시작했다. 내가 그때 택시기사에게 하고자 한 세련된 한국말은 다음과 같다.

"비행기 한 대가 아직 안 와서, 일행 두 명이 도착 못했어요. 아직 출발하면 안 돼요."

하지만 슬프게도, 그가 들은 스페인어는 다음과 같다.

"비행기 하나, 없어. 둘, 없어. 안 돼!"

여러분, 이 정도의 의사소통만으로도 동료 둘을 무사히 데려올 수 있습니다. 페루 여행을 할 때 스페인어에는 겁먹지 말고, 나스카 경비행기에는 조금 겁을 먹는 게 좋다는 거, 잊지 마세요.

자니? 와카치나의 개

TRAVEL IN SOUTH AMERICA

와카치나,
누군가와 저녁노을을 본다는 것

양말을 잃어버렸다. 런드리를 찾아와 옷을 꺼내 정리하는데, 양말 두 켤레가 보이지 않았다. 유니클로에서 두 켤레에 만오천 원인가 주고 산 것들이다. 그것들이 만들어졌을 때 페루의 외딴 마을, 버스가 닿는 이까에서도 택시로 15분 타고 들어가는 와카치나에 버려지리란 걸 몰랐을 것이다. 유니클로는커녕 옷집 하나 없는 곳에.

남미의 런드리에서는 남루한 여행자의 얼마 안 되는 돈을 받고, 옷을 빨아서, 말려서 개기까지 해서 준다. 양말 두 켤레가 탐났던 걸까? 없어져도 가장 티 안 날 물건이라고 생각했을까? 양말 몇 개 안 가져왔는데……. 작은 배낭 하나에 들어 있는 옷들이 가진 것의 전부가 되면, 양말 하나에도 사람이 속 좁아지고 예민해진다. 사람 좋아 보였던 런드리 아줌마를 의심하다가, 어차피 지나간 일, 인간성을 믿기로 한다. 김연수가 〈지지 않는다는 말〉에서 한 말처럼.

"내게는 특별한 생존 전략이 있다. 그건 바로 다음과 같은 마법의 주문이다. 낯선 곳에 떨어지면 나는 그 주문을 왼다. '이제부터 내게 어떤 일이 생길 텐데, 그 일들은 내가 한 번도 상상해보지 못한 일일 것이다. 그런 일이 생기더라도 절대로 놀라지 말자. 마음대로 넘겨짚지 말자. 인간성을 믿자.' 다른 도리가 없지 않겠는가?"

– 〈지지 않는다는 말〉 중에서, 김연수

양말을 잘 신지도 않는 그들에게 양말이 무슨 필요가 있겠는가. 어쩌다 생긴 실수였겠지. 인간성을 믿자.

이제 와카치나를 떠나 쿠스코로 간다. 와카치나를 떠나기 전에 반드시 해야 할 일이 있다. "와카치나에 왔는데 버기 투어를 빼놓을 수 없지!"

나스카의 여파로 가만히 있어도 경비행기가 배 안을 관통하는 것처럼 울렁거려 호스텔 침대에 시체처럼 누워 있는데, 대장이 진지한 눈빛으로 이렇게 말했다. 아니, 나스카는 안 가도 된다고는 왜 이야기 안 한 거예요. 투덜대며, 버기 투어를 신청했다. 버기 투어란 '버기 카'를 타고 신 나게 달리고, 샌드 보딩을 하는 투어다. 놀이동산에서 회전목마나 타는 나로서는 두려움이 엄습했지만, 여행자에게 거는 마법의 주문 '지금 안 하면 언

버기 카는 이렇게 생겼습니다.

제 또 할 거야.' 주문은 역시 먹혀 들어갔다. 버기 카에 타고 와카치나 사막을 달리는데 그 엄청난 스피드에 소리를 엄청 질렀고, 그 결과 사막의 모래가 다 내 입 안에 들어갔다. 날아라 슈퍼보드의 사오정처럼 입을 벌린 채 그 모래를 다 먹어가며 달리고 또 달려 언덕길을 넘었다. 정말 신 난다! 역시 마법의 주문을 외우길 잘했다.

한참을 달리다 언덕 꼭대기에 올라가서는 길다란 보드판에 배를 대고 엎드려서 '샌드 보딩'을 시작했다. 말도 안 돼. 이건 미친 짓이야. 하지만 역시 여행자의 마법의 주문을 외우며 배를 모래 위로 날렸는데, 어, 이상하다? 이게 정말 재미있다! 뻣뻣한 몸으로 스노우보드계에서 진작 퇴출당하고, 이제 나에게 남은 건 눈썰매밖에 없다고 생각했는데 샌드 보딩은 스노우보드와 눈썰매를 합친 그 무엇이었다! 마음 같아서는 샌드 보딩만 수십 번 하고 오고 싶었지만, 어느덧 와카치나의 하루도 저물어 끝없는 모래 사막 위로 해가 지고 있었다.

저녁노을을 누군가와 온전히 함께한다는 건 대단한 행운이다. 퇴근하고 집에 가는 길에 저녁노을이 지는 걸 혼자 볼 때, 사진을 찍어서 공유하고, 좋아하는 사람과 통화를 해도 얼마간의 외로움을 안고 걸었다. 와카치나 사막 한복판에서 함께 여행 간 친구와 거기서 함께 만나게 된 사람들과 우연히 만나게 된 외국인 여행자들과 버기 카를 운전해주는 가이드와 저녁노을이 생기는 순간부터 사라지는 순간까지 모두 함께했다. 모두 함께 저녁노을을 바라보며 눕고, 사진을 찍고, 웃는다. 그 광경이 내 인생의 한 부분을 채운다.

여행을 시작할 때, DSLR은커녕 똑딱이 카메라도 가져가지 않았다. 내 친구 L도 마찬가지. 아이폰 하나 달랑 가져간 여행이었다. 아이폰으로도 사진 찍는 데는 영 흥미가 생기지 않았다. 함께 있었던 일행들 덕분에 멋진 사진들을 가지게 된 건 정말 다행이다. 도대체 왜 사진 찍는 데 게을렀지 하는 자책을 글을 쓰면서 종종 했는데, 책에서 다음과 같은 구절을 읽었다. 나처럼 여행에서 사진 찍기에 게으른 자들을 위한 완벽한 변명으로 쓰이길.

"정상적인, 그러므로 완벽하지 않은 순간을 포착한 스냅사진은 몇 년 전부터 사라지기 시작했습니다. 언젠가 누군가가 우리 시대의 사진을 구경한다면 '모두들 언제나 완벽해 보였다. 그리고 그들은 항상 미소지었다'고 말할지도 모릅니다. 우리는 삶의 결정적인 순간을 결코 얻지 못합니다. 그 순간을 느끼고 향유하기보다는 그런 순간을 포착하는 데 너무 얽매여 있기 때문입니다."

– 〈우리는 왜 혼자일 때 행복할까〉 중에서, 폴커 키츠/마누엘 투슈

CUZCO

TRAVEL IN SOUTH AMERICA

내가 가본 가장 높은 곳, 쿠스코

이제 쿠스코로 간다. 남미의 고산지대를 드디어 경험하게 되는 것이다. 쿠스코는 해발 3,600미터. 상상도 되지 않는 높은 곳으로 버스를 타고 이동한다. 버스 탑승 시간은 무려 18시간. 그리고 고산병을 경험하게 될 수 있는데, 숨이 막혀 답답하고 두통이 찾아오는 등의 느낌이라고 했다. 고산병을 누가 경험하게 되는지는 아직도 의학계의 풀리지 않는 미스터리라는데……. 고산병을 예방하기 위해 효과가 있다고 알려진 약으로는 혈관확장제인 '비아그라' 등이 있다고 한다. 일행 중에는 그 약뿐만 아니라 수면제도 챙겨온 준비성 있는 분들이 있어서, 하나 얻어 먹을까 하다가 괜찮겠지 하며 버스에 누웠다. 이 2층 버스에 누워 18시간을 버텨야 하는 것이다. 물론, 쿠스코에 가는 비행기도 있다. 장시간의 버스 이동이 싫은 분들은 참고하시길. (엄청 안 좋은 버스를 탈 거라고 생각하시지만, 남미에 다니는 2층 버스는 매우 좋고, 서비스도 훌륭하다. 다만 정말 오래 탈 뿐!)

눈부셨던 쿠스코의 하늘

굽이굽이 휘감겨 있는 비포장도로를 버스가 달린다. 버스는 크고 길은 좁다. 그리고 그 길 밑은 몇천 미터는 돼 보이는 낭떠러지. 커튼을 닫았다. 차라리 보지 말자. 믿음을 갖자. 버스 드라이버와 신에 대한 믿음으로 눈을 감았다. 가다 보니, 코가 찢어질 것처럼 건조해서 계속 잠에서 깼다. 알고 보니 이것도 고산병 증세 중 하나라고 했다. 엄청난 건조함과 무료함을 견뎌야 쿠스코에 도착할 수 있다.

장시간 버스 이동을 하다 보면 세상에는 두 가지 종류의 사람들이 있음을 알게 된다. 버스에서 몇 시간이고 숙면을 취할 수 있는 자와 그렇지 못한 자. 고작 서울–전주 정도를 버스로 왕복한 경험만 가지고 '버스에서 잘 자'라고 섣부르게 말했던 나는 '잠 못 드는 고통'을 밤새 느끼고 있었다. 버스 옆자리에 앉은 내 친구 L은 자기 집 침대에서 자듯이 쌔근쌔근 일어날 기미가 보이지 않는 타입이다. 스무 시간 정도의 버스 라이딩을 계속하다 보면 내 소원은 첫째도 그냥 잠드는 것이요, 둘째도 그냥 잠드는 것이외다라는 말이 절로 나온다. 그 지루한 시간을 견디게 해주는 건 무제한 스트리밍으로 저장해간 뮤직 앱의 음악들. 아이패드로 할 수 있는 간단한 게임들. 작가 김영하의 팟캐스트로 듣는 읽어주는 소설 등이다. 단, 배터리를 최대한 아껴야 한다. 충전할 수 있는 방법 같은 건 없으니까. 아이폰과 아이패드 완충은 버스를 타기 전 필수 준비 사항. 이런 것들을 준비하면 긴긴 시간을 '겨우' 버틸 수 있을 것이다.

밤새 달린 버스 안에 햇살이 비추자, 하나둘씩 잠에서 깼다. 나는 일찌감치 깨어 있었고, 사람들이 하나둘씩 깨어나자 버스 승무원이 영화를 틀어주었다. 영화는 스페인어로 진행되는 사랑 이야기. 여주인공은 부잣집에서 곱게 자란 공주님. 남주인공은 거친 인생을 살아온 마초. 그 못지않게 거친 여자 조연이 그를 사랑한다. 여주인공과 남주인공이 사랑을 느끼게 되자, 여주인공 집에서 반대. 거친 여자 조연의 반대. 남주인공의 거친 브라더들의 훼방. 이 모든 걸 피해 그들은 사랑의 도주를 하게 되고, 격정적인 사랑을 나눈다. 이 영화의 매력 포인트는 '난데없음'이다. 남주인공은 갑자기 화를 내고(아마, 난 너에게 부족한 사람이야!라고 하는 듯), 화를 내다 갑자기 입을 맞춘다(미안해, 내가 아름다운 너에게 무슨 짓을!). 조울증에 가까운 남주인공의 사랑을 지켜보다 보니 어느새 쿠스코에 도착했다.

쿠스코에 도착해서 제일 먼저 해야 할 일은 볼리비아 영사관에 가서 비자를 받는 일이다. 그 전에 18시간 동안 버스에 갇혀 있던 찝찝함을 없애기 위해 샤워를 한다. '고산병? 훗, 난 안 걸릴 줄 알았어.' 콧노래를 부르며 영사관에 가서 비자를 받는다. 배가 고프니 점심을 먹는다. 아르마스 광장에 가서 유명하다는 12각 돌을 구경한다. 뭐, 별거 없네. 성당 앞에서 사진을 찍는다. 광장에서 한국에서 일했다는 아저씨를 만나서 함께 대화를 나눈다. (와, 정말 먼 곳에서 일하셨네요!) 저녁 먹을거리를 사러 슈퍼에 간다. 그리고 숙소로 돌아와서 밥도 먹고 술도 마신다.

매우 유명한 '12각 돌'

쿠스코 아르마스 광장

쿠스코 아르마스 광장

함께 간 일행들이 맛있게 만들어준 저녁을 먹으면서 술을 마시다가 기분 좋게 잠이 들었다. 아, 여기까지가 바로 고산병 앞에 자만한 자가 보여줄 수 있는 모든 행동이다. 고산병에 관해 대충 검색해서 고산병 증세만 알았을 뿐, 언제 나타나는지는 눈여겨보지 않은 어리석은 자가 할 수 있는 행동이다. 다시 찾아본 그 자료에는 분명히 이렇게 쓰여 있었다. "둘째 날, 고산병 증상이 나타나기 쉽다. 첫날 컨디션이 좋다고 무리하거나 술을 마시거나 샤워를 해서는 안 된다." 이 얼마나 간결하고 명확한 경고인가. 이 경고를 읽어보지 못한 자의 말로는 한 문장으로 정리할 수 있다.

"하루 종일 천장만 보게 된다."

TRAVEL IN SOUTH AMERICA

쿠스코, 슈퍼 안에 오르막은 왜 만든 거야?

쿠스코에서의 둘째 날, 내가 본 것이라고는 2층 침대의 밑바닥뿐이었다. 내 몸을 누가 침대에 파서 묻은 것 같은 느낌이었다. 일행들이 뭘 챙겨줘서 먹은 거 같긴 한데, 뭘 먹었는지는 기억도 나지 않는다. 눈을 감았다 떴다, 잠을 잤다 깼다 천장만 보는 내가 안쓰러웠든지 일행 중 미남 약사(일행 중 유독 미남이 많았다. 정말이다)가 나에게 '혈관확장제'를 주었다. 그래, 이걸 먹어 나을 수만 있다면. 약을 먹고 꼼짝없이 누워 있는데, 이제는 열이 나기 시작했다. 혈관이 확장되어 얼굴이 빨개지고 화끈거리기 시작했다. 손 하나도 못 들게 꼼짝없이 누워 있는데 열까지 나다니. 그대로 또 두 눈을 감았다 떴다 끝없는 잠에 빠져들었다. (남자들의 경우, 이 약을 먹고 후유증(?)이 생길까봐 걱정한 부분도 있었는데, 그런 상황(?)이 아니면 그저 혈관확장의 기능만 수행한다고 한다. 걱정 없이 드셔도 됩니다.) 이 경험으로 혈관확장제는 미리 먹어야 한다는 교훈을 얻었다.

침대에 꼼짝 없이 누워 있어도, 화장실 갈 기운이나마 있던 나는 나은 편이었다. 내 옆자리에 누워 있는 친구 L은 내 증상에 어마어마한 두통까지 더해져 두통약을 먹고 있었다. 내 위(2층 침대의 2층)에 누워 있는 K양은 도착한 날부터 모든 걸 토하고 잠도 이루지 못해 계속 울고 있었다. 다른 방을 쓰는 H님은 도착하자마자 코피가 나서 하루 종일 움직이지도 못하고 누워 계셨다. 고산병에 반응하지 않는 건강한 자들은 '도대체 그게 어떤 기분이야?'라고 물으며 우리를 안쓰러워했다. 고산병을 설명하는 건 남자에게 생리통을 설명하는 것과 같은데……. 겪을 수 없는 자들에게 어떻게 설명해야 할지 모르겠다.

멀쩡하던 첫날 먹은 수프(sopa).
감자가 듬뿍 들어가 있어 맛있다.

늦은 오후, 비교적 멀쩡한 일행이 슈퍼에 가서 바람이라도 쐬자고 한다. '나가서 걸으면 좀 나으려나?' 어기적어기적 걷기 시작하는데, 그 처참한 속도란……. 파란불이 켜져서 횡단보도를 건너려고 한 발을 내디디면 빨간불로 바뀌버릴 정도의 속도였다. 차에 치이지 않고 무사히 슈퍼에 도착했다. 그런데 "어, 이 슈퍼는 어제 왔던 슈퍼가 아니잖아? 왜 다른 데를 온 거야?" 했더니 어제 왔던 슈퍼가 맞다고 한다. "정말? 그런데 왜 가게 안에 오르막길이 있어? 너무 힘들다" 하며 요구르트가 있는 곳까지 걸었다. 나중에 일행이 해준 말로는 그 가게 안에 경사란 존재하지 않았으며, 특히 요구르트 있는 곳은 그저 평평했다고 한다. 그렇게 겨우 떠먹는 요구르트를 사와서 다시 침대에 원상 복귀. 게스트 하우스에서 파는 쿠스코 현지 고산병 약 '소로체Soroche'를 먹고나서야 자리에서 일어날 수 있었다. 고산병 완화에 효과가 있다는 코카Coca차도 마셔봤는데, 코카차, 혈관확장제, 두통약 모두 소용이 없었다. 고산병 증세가 나타날 때는 묻지도 따지지도 말고, 현지에서 파는 약을 먹자. 그러면 대부분 말끔해진다. 하루 정도 누워 있을 순 있겠지만.

TRAVEL IN SOUTH AMERICA

남미에서 경험하는 패키지 여행, 쿠스코 근교

피삭

피삭 : 아주, 매우, 엄청 넓다는 감상이 적절하다.

구원의 소로체 덕분인지 이제 어기적어기적 조금 느린 쿠스코에 익숙해졌다. 익숙해진 몸을 이끌고 쿠스코 근교 관광에 나섰다. 페루는 '잉카 문명'으로 형성된 유적지이자 관광지가 무궁무진한 나라다. 작고 가난한 동네들이 세계 각지에서 몰려드는 관광객들로 가득 차 있는 광경을 지켜보며, 15세기의 잉카인이 21세기의 페루인의 생계를 책임지고 있다는 느낌이 들었다.

봉고차를 타고 유명한 관광지들을 돌았다. 여느 관광지 패키지와 비슷한 형태다. 다른 점이 있다면, 이곳에서는 정말 봉고차나 버스 이외에는 전혀 갈 방법이 없다는 점? 가끔 자전거로 여행하는 남미 여행자를 만나기도 했는데, 무한한 존경을 표하고 싶다. 봉고차를 타고 돌아볼 오늘의 일정은 피삭, 모레이, 살리나스 염전, 오얀따이땀보다. 모두 잉카 문명의 엄청난 유산이라는데, 우선 고산지대에서 느려질 대로 느려진 몸으로 그 빡센 일정을 소화할 수 있을지 엄두가 안 났다. 하지만 우리에겐 '봉고차'가 있기에, 에버랜드 자유 이용권 같은 통합 티켓(피삭, 모레이 오얀따이땀보에 모두 입장 가능하다)이 있기에, 차에 올랐다.

자, 준비가 되었는가? 피삭은 흔히들 마추픽추의 축소판이라고 한다. 이게 축소판이라구? 이 큰 게? 그럼 마추픽추는 얼마나 큰 거야. 상상조차 되지 않는다. 피삭은 '엄청' 크고, '엄청' 돌이 많고, '엄청' 많이 걷는다. 피삭 입구에서는 가이드들이 흥정을 시작한다. 영어로 설명해줄게, 너흰 몇 명이니까 이 정도를 냈으면 해. 우리는 흥정을 하며 가격을 조금 깎은 후, 가이드와 동행을 시작했다. 가이드는 유창한 영어로 설명을 시작했지만, 그의 훌륭한 실력에도 불구하고 반쯤 알아듣고, 반쯤 흘려 들었다. 토익 리스닝 발음으로 해줘도 반도 못 알아들을 텐데, 남미 악센트를 알아듣기란 어려웠다. 하지만 영어가 제2외국어인 자들의 이런저런 눈치로 반쯤 알아들으며 피삭을 걸었다. 경주 불국사 돌 듯이 설명을 듣던 와중, 그가 보여준 가장 신기한 것은 바로 샴푸가 되는 풀! 돌담에 핀 풀을 보더니, "옛날 잉카 사람들이 여기 살 때 이걸 샴푸로 썼어"라고 했다. 우리의 청포보다 더 신기한 풀이었다.

"풀을 뜯는다. → 손으로 비빈다. → 샴푸 거품이 난다!"

반신반의하던 우리를 위해 가이드는 풀을 직접 비비며 시범을 보여주었다. 이 외에는 피삭 자체는 그다지 감명 깊지 않았다.

가이드가 보여준 신비의 '삼푸 풀'. 풀의 정확한 학명은 모르겠다. 그저 잉카의 신비로움으로 간직하고 싶다. 자세히 보면 가이드의 가슴에 '강한 친구 육군'이 적혀 있다. 저 옷은 도대체 어떤 루트로 이곳에 온 걸까.

모레이 : 저 층층 계단을 모두 내려가면, 사람들이 동그랗게 서서 무언가를 하고 있다. 잉카 태양의 기운이 모이는 곳.

요가도 한다.

누구보다 빨리 내려오다 보니, 가이드와 둘이서 이런저런 얘기를 나누며 내려올 수 있었다. 가이드는 이곳, 피삭에서 태어났다고 했다. 와, 이런 곳에서 태어난다는 건 어떤 기분일까? 그곳에는 유적은 존재하지만 사람 사는 느낌은 들지 않았다. 집들은 아주 가끔 있었고, 눈에 보이는 사람들은 가이드 아니면 기념품이나 간식 거리를 파는 사람들이었다. 그들은 이미 자신들의 삶의 터전이 관광지라는 것에 익숙해져 있었다. 난 말 잘 안 통하는 여행자의 특권으로 그들의 삶을 마음껏 상상하며 오해했다. 태어나서 관광업이 아닌 다른 삶의 모습을 꿈꿔본 적 없는 삶. 이들뿐만 아니라 우리 모두가 어떠한 삶 이외에는 꿈꿀 권리를 박탈당한다. 내가 한 번도 꿈꿔본 적도 없는 삶은 어떤 모습일까?

피삭을 거쳐 다음으로 간 곳은 '모레이'다. 이곳은 높낮이에 따른 농작물 생태를 연구하기 위해 잉카인들이 만든 곳이라고 했다. 그래서 계단식으로 엄청 깊은 밭이 형성되어 있다. 그 말인즉슨, 우리가 저 아래까지 내려가본다는 건데, 피삭에 지친 자들은 쉬고, 내려가보고 싶은 사람들만 내려가보기로 했다. 위에서 보니, 이미 아래에는 사람들이 모여 있었다. 가장 밑바닥 중심은 태양의 기운이 가장 강하게 모이는 곳이어서 그곳에서 요가나 기도를 하는 사람들이 있었다. 어디서 온 사람들인지는 알 수 없지만 동그랗게 둘러앉아 손을 잡고 있는 모습에 조용히 여기저기 사진을 찍고 올라왔다.

중간에 점심시간을 가졌다. 봉고차는 능숙하게 우리를 한 식당으로 안내했다. 커미션 같은 거 없이 그냥 동네 식당에 데려간 것 같은 분위기였다. 메뉴는 여러 가지였지만, 하나로 통일하길 바라는 분위기. 아, 이것은 동네 중국집의 룰이다! 수프 스타일이 싫어서 고기를 시키고, 콜라도 시켰다. 이곳에서는 콜라를 시킬 때 항상 '시원한지' 확인해야 한다. 대부분 콜라를 그냥 상온에 보관하고 마셔서 전혀 시원하지 않다. "시원한 걸로 주세요"라고 소리 높여 외쳐야 '시원한' 콜라를 받을 수 있다. 음, 그런데 전혀 시원하지 않다. 그냥 상온에 둔 보리차의 온도. 그래도 뭐, 여기서 시원하다면 이게 최선인 거겠지. '차가운'은 스페인어로 '쁘리오frio'예요. 무조건 "쁘리오한 콜라를 주세요!"

다음으로 간 곳은 산에 있는 '살리나스 염전'이었다. 산에 염전이 있다고? 그럴 리가. 반신반의하는 우리에게 대장은 '융기'가 어쩌고 하는 지구과학 용어로 설명을 해주었다. 아무튼 바다가 여기까지 올라왔다는 건가? 그 풍경은 정말 압권이었다. 아름답다는 말밖에는 할 말이 없을 정도로 특별한 곳이었다. 아직도 그곳에서 소금을 만들어낸다고 한다.

그리고 숨 돌릴 틈도 없이 '오얀따이땀보'로 이동했다. 피삭과 비슷한 곳인데, 옛날 '신전' 같은 곳이었다나? 역시나 엄청 높았고, 일행들은 그 길을 오르기로 했다. 피삭과 모레이에서 그 정도 기어 올라가고 기어 내려갔으면 됐다 싶어서 난 아래에 앉아 일행들이 다시 내려오기를 기다리기로 했다.

Postcard

아름다운 살리나스 염전 : 이건 '자유이용권 티켓'에
포함되지 않는다. 따로 돈을 내고 입장하는 곳.

이곳이 바로 오얀따이땀보. 난 저 돌계단 중 하나에 주저앉아 일행을 기다렸다.

OLLANT

오얀따이땀보

난 그때쯤 겨우 하루 만에, 봉고차로 이동하는 패키지식 여행에 좀 지쳐 있었다. 바람은 또 얼마나 부는지. 위에 올라가면 뭐, 산이 보이겠지. 지금 내가 힘든 게 제일 중요해. 이런 생각으로 앉아 있었고, 나의 게으른 동지 K양과 함께 기다렸다. 친구 L이 산꼭대기에 올라갔다 내려오자마자, 나의 폼나는 가이드북으로 찾아낸 맛집에 갔다. 그 맛집에서 남미에서 맛보지 못했던 피자와 파스타를 맛보기로 했다.

아, 이게 얼마만의 파스타와 피자인가. 남미 음식은 다 맛있었지만, 피자와 파스타를 파는 곳을 발견하기란 쉬운 일이 아니었다. 가이드북에서 '맛집'으로까지 소개하고 있는데, 당연히 맛있겠지? 까르보나라와 무슨 피자를 시켰고 한 오백 년쯤 걸려서 나왔는데, 한 입 먹은 감상은 '우와! 엄청 짜!' 이건 뭐지? 죽염 베이스로 만든 피자인가? 면을 반죽할 때 소금통을 쏟았나? 우린 모두 한 입씩 먹고 포크를 내려놓았다. 그리고 한참의 시간을 걸려 마음의 준비를 하고, 또 포크를 집어들었다. 그랬다가 다시 내려놓고. 피자와 파스타와의 고요한 전쟁이었다. 문득 서러워졌다.

"아니, 내가, 딴 것도 아니고 파스타랑 피자 좀 먹겠다는데! 이런 소금덩어리를 줘? 오늘 하루 종일 얼마나 걸어다녔는데! 내가 얼마나 힘들었는데!"

우리는 다른 식당을 찾아나선 다른 일행들에게 패배감을 느끼며 앉아 있었다. 다른 일행을 만나더라도 절대 이 소금맛 파스타에 대한 패배의 기억을 발설하지 않으리라 다짐했지만, 평화롭게 세련된 맥주집에 앉아 있는 일행들을 만나자마자 온갖 불평이 쏟아져 나왔다.

'오얀따이땀보'에서 이제 '마추픽추'로 간다. '마추픽추'로 가는 기차역에서 기차를 기다리는데, 한국인 여행자들을 만나서 반갑게 인사를 나눴다. 아이 둘을 데리고 여행을 하는 부부였다. 그들은 여유 있고 긴 남미 여행 중이라고 했다. 인상적이었던 것은 아내의 배낭이 남편 배낭의 2배 정도 된다는 것? "이 사람이 체력이 좀 약해요"라고 아내분이 씩씩하게 웃으셨다. 그러고 보니 리마의 게스트 하우스에서도 아이 둘을 데리고 여행하는 부부를 만났었다. 배낭 여행자 엄마 아빠와 함께 여행을 떠나는 건 어떤 기분일까? 한창 사춘기를 통과하는 나이의 아이들에게 엄마 아빠와 하루 종일 함께한다는 건 고문일까? 아니면 색다른 행복일까? 아쉽게도 아이들만 따로 뒷골목으로 불러내 질문할 기회는 없었다.

마추픽추에 도착하자 새벽. 어서 잠들어야 내일 마추픽추에 오를 수 있다. 운 좋게도 이번 게스트 하우스에서 자게 된 방은 여자 세 명이 쓸 수 있고, '무려' 화장실이 안에 있었다. 샤워를 하고, 옷을 갈아입고 내일 입을 옷도 정리해두었다. 침대에 누워 아주 잠시 생각했다. '와, 내가 마추픽추가 있는 그곳에 있어. 이게 무슨 일이야.' 도대체 〈사회과부도〉, 〈세계지리〉 책 이외에 내가 직접 보게 될 거라고는 생각조차 하지 않았던 그곳에서 잠을 청하고 있다니.' 그리고 아주 깊이 잠들었다.

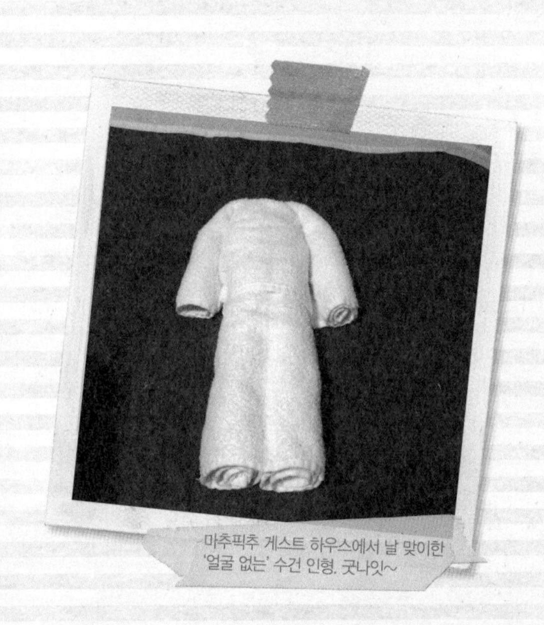

마추픽추 게스트 하우스에서 날 맞이한 '얼굴 없는' 수건 인형. 굿나잇~

마추픽추에 갔다,
바로 그 마추픽추에!

아침에 눈을 뜨자마자 식당으로 내려갔다. 아침 일찍 출발해야 한다는 말을 들었기 때문에, 모두 일찍 일어나 식당에 모여든 눈치였다. 이번 게스트 하우스의 아침 식사는 최악이었다. 바나나 하나에 우유 그리고 시리얼 정도였는데, 마추픽추를 올라야 할 사람들에게 너무 박하지 않나 하는 생각이 들었다. 아쉬운 대로 밖에 나가서 뭐라도 사가야지 하면서 길을 나섰다. 도대체 버스는 어디서 타는 거지? 친구 L과 나는 길을 나서서 버스 정류장에 도착했다. 별로 사람이 없네? 역시 우리가 제일 부지런했나? 콧노래를 부르며 서 있는데, 오래지 않아 버스를 타려면 티켓을 사와야 한다는 사실을 알게 되었다. 나는 줄을 서고, 친구 L이 티켓을 사오기로 했다. 한참을 기다려도 L은 돌아오지 않았다. 내 뒤에 서 있던 사람들을 모두 버스를 태우고 나서야 L이 저 멀리서 왔다. "티켓 사는 줄이 엄청 길어!" 우리가 특별히 부지런한 게 아니구나.

버스를 타고 한참을 올라가자 마추픽추가 그 모습을 드러냈다. 이 길을 걸어서 올라오는 사람들도 있다는데, 왠만하면 버스를 추천하고 싶다. 마추픽추를 볼 힘을 아끼는 차원에서라도. 이제 정말 '마추픽추'에 들어갔다. 마추픽추라는 공간에 들어서자 그 웅장함이 몸으로 다가왔다. 야마는 아무 데서나 풀을 뜯고 있고, 우리 주변은 산으로 둘러싸여 있고, 전 세계에서 온 사람들만 빼면 정말 잉카 문명 그대로가 느껴졌다.

이곳에서 우리는 영어와 일어를 할 수 있다는 가이드에게 안내를 맡겼다. 가이드는 땀을 뻘뻘 흘리며 마추픽추 이곳저곳을 설명해주었다. 이곳은 왕이 오면 머물렀던 곳이고, 어떤 과학적 신비가 있고. 이건 마치 〈나의 문화유산답사기〉를 읽고서야 석굴암의 오묘함을 알게 된 순간 같았다. 그녀는 천천히, 침착하게 이곳저곳을 설명해주었다. 마추픽추에서 남미 여행 중에 거의 보이지 않았던 일본 관광객들을 한꺼번에 만날 수 있었는데, 그것 때문인지 대부분의 가이드들은 '일어 가능'을 홍보하고 있었다.

마이산처럼 뾰족하게 솟은 산이 '와이나픽추'다.
저기서 '마추픽추'를 내려다볼 수 있다.

일본, 한국 그리고 전 세계에서 온 관광객들 속에 페루 현지에서 수학 여행을 온 중고생 아이들도 함께 있었다. 수학 여행이 마추픽추라니. 스케일 대단한데? 감탄하는 와중에 그들은 우리가 '한국인'이라는 사실을 알고 더 크게 술렁이고 있었다. 특히 여자 중학생들(아마도)의 눈빛은 크게 흔들리고 있었다. 결국 그녀들의 다정한 남자 학우들이 우리에게 다가와 정확히는 우리 중 잘생긴 남자 일행에게 다가와 사진을 함께 찍어달라고 요청했다. 일행 중 몇몇이, 정확히는 남자 일행 몇몇이 소녀들과 사진을 찍어주었다. 소녀들의 얼굴은 상기되어 팬 미팅 분위기로 고조되고 있었다. 알고 보니 소녀들은 '샤이니' 배지 같은 것을 달고 다니는 K-Pop 팬들이었고, 이 먼 곳에서 한국 남자를, 그것도 잘생긴 한국 남자를 만났다는 사실에 크게 감격하는 중이었다. 아직 걸 그룹 열풍은 불지 않았는지, 페루 소년들은 우리에게 아무 관심이 없었다. (설마 우리와 걸 그룹 사이에 너무나 큰 간극이 있어서? 설마!) 아직 페루 소년들이 한국 걸 그룹에 눈을 뜨지 않은 것이 분명하다.

마추픽추를 다 둘러보고, 와이나픽추에 오른다. 날씨도 덥고, 굳이 와이나픽추까지 올라가야 할까 하는 의문을 안고 있었지만, 일행 중 대부분이 오른다고 하니 혼자 숙소에 갈 수도 없고 해서 굳이 함께 험하다는 와이나픽추 등반에 나섰다. 등산 초반부터 친구 L에게 지금이라도 내려가자고 몇 번이나 권유해보았지만, 그녀에게는 이 산을 넘고야 말겠다는 강한 의지가 있었다. 엄홍길 대장에게 돌아가자고 매달리는 대원의 기분이 이런 걸까? 하지만 얼른 와이나픽추를 넘어서 돌아가려는 나에게 가장 큰 걸림돌은 엄홍길 대장처럼 단호했던 내 친구 L이었다. 그녀의 속도는 내가 산을 타는 속도의 약 10분의 1 정도? 정상에서 그녀가 올라오기를 기다리는 순간 설상가상 비까지 내리기 시작했고, 얼른 다시 와이나픽추를 내려와야 했다. 이곳은 시시때때로 기후가 바뀌는 곳이다. 비가 내렸다가, 금방 해가 뜨는 일에 놀라지 않는 게 좋다.

아, 와이나픽추를 등반한 소감은 '굳이 올라가지 말자.' 마추픽추는 마추픽추 정상에서 볼 때 가장 아름답다. 옆에 있는 산꼭대기에서 보는 것보다 훨씬! 이건 게으르고 산 타는 걸 좋아하지 않는 나의 주관적 의견임과 동시에 산을 좋아하는 나머지 일행들의 공통된 의견이었다. 와이나픽추를 올라갈 시간에 마추픽추 꼭대기에서 마추픽추를 감상하는 시간을 더 가질 것을 추천한다. 물론, 험한 산의 등반을 즐긴다면 굳이 말리진 않겠다.

와이나픽추까지 마치고 마추픽추를 거쳐 다시 버스를 기다린다. 또 줄이 한 바퀴 서 있고, 마추픽추 엽서를 파는 호객꾼이 지나다닌다. 엽서를 사고 싶어 하던 친구 L이 M군과 미남약사의 도움을 받아 흥정을 했다. 버스를 타고 내려와 호스텔에 도착하자마자 우리는 먹을 것을 찾아 나섰다. 부실한 아침을 먹고, 산을 두 개나 휘젓고 다니기까지 아무것도 먹지 못해서 몹시 배가 고팠다. 오얀따이땀보에서 큰 시련을 안겨주었던 레스토랑을 소개한 나의 멋진 '영어' 가이드북에 따르면, 마추픽추 아래 동네는 '피자'로 유명한 곳이다. 정말? 또 피자? 나에게 또 어떤 소금전을 선사하려고? 반신반의하며 동네를 내려오는데, 정말 피자가 유명하긴 한지 한 집 건너 한 집으로 피자집이다. 외국인들이 환히 웃으며 맥주와 함께 피자를 먹는데, '아, 먹고 싶다.' 우린 심사숙고 끝에 한 피자집에 들어갔고, 우리의 선택을 끝내 믿지 못한 일행 몇몇은 중국 음식점으로 향했다. 결론은 맛있었다! 맛있는 피자였다! 남미에도 맛있는 피자가 있었던 거야! 우린 피자와 맥주를 끝없이 먹고서야 그곳을 떠날 수 있었다.

이 동네에서 피자와 맥주보다 인상적인 건 널부러져 있는 개들.
남미의 개들은 어디에서나 여유롭지만, 이 동네 개들은 아무 데서나
램수면에 빠져든다.

TRAVEL IN SOUTH AMERICA

쿠스코의 세 가지 선물

퍼레이드에서 만난 아저씨.
내가 가장 좋아하는 사진

마추픽추의 흥분을 안고, 다시 쿠스코로 돌아왔다. '뭐? 내가 고산병에 걸렸었다고? 전혀 모르겠는데?' 오늘은 현지인의 느낌으로 쿠스코를 누비리라. 오늘의 목표는 맛집 방문! 그동안 일행들의 요리 실력에 빚지며 맛있는 한국 요리도 맛보고, 페루 음식도 맛있게 먹었지만 그럴듯한 된장질을 하고 싶어졌다. 수제 햄버거나 팬케이크 같은 게 도대체 왜 페루 쿠스코에서 먹고 싶어지는 걸까. 나의 맛집 가이드 TripAdvisor 웹사이트를 통해 페루 쿠스코에서 맛있다는 브런치 식당을 찾아냈다. '정통 웨스턴 스타일'이라는 점, 'Food for homesick'이 캐치프레이즈인 점이 마음에 들었다. 그 home이 내 home은 아니겠지만.

쿠스코에서 하루 꼬박 누워 있던 보상을 그 식당에서 받겠어! 아르마스 광장을 향해 걸어가는데, 동네 분위기가 사뭇 달라졌다. 모든 길이 차가 다닐 수 없게 막아져 있고, 어른들과 아이들이 모여 이런저런 놀이를 하고 있다. 한 무리씩 모여서 놀이를 하고 있는데, 어쩐지 낯이 익다? 하나는 땅 따먹기. 모양은 좀 다르지만, 한국에서 초딩 시절 즐겨 하던 그 땅 따먹기가 맞았다. 또 하나는 공기놀이. 공깃돌 다섯 개가 공처럼 튀어오르는 모양이라는 점이 다르지만, 우리의 공기놀이와 룰은 똑같았다. "좋아, 우리도 할 수 있겠는데?" 우리는 맹렬히 참여했다. 이 동네 초딩들을 모두 이겨버리겠다는 기세로!

참여하는 김에 한국식 땅 따먹기 그림도 땅바닥에 그렸다. 자, 이렇게 하는 거야. 공기놀이도 모두 팔을 걷어 부치고 달려 들었다. 훌라후프도 아이들 것을 빌려서 허리에 돌리고 목으로도 돌렸다. 우리를 구경하는 사람이 더 많아졌다. 맹렬히 참여하는 이 한국 애들은 뭐야? 하며 구경하다 우리가 실수할 때마다 까르르 웃었다. 한 아주머니는 공기놀이 하는 법을 차근히 알려주기도 했다. 누가 구경하러 놀러온 건지 헷갈리는 지경에 이르렀다. 우리를 지켜보던 주최 측(?)에서는 일행 중 한 명에게 '쿠스코 모자'를 선물했다. 아, 즐거워. 고산병을 이겨낸 우리에게 쿠스코가 준 첫 번째 선물이었다.

페루식 땅따먹기

페루식 공기. 공깃돌(?)이 탄성이 있어 튕겨나간다.

JACK'S CAFE

Jack's cafe에서 먹은
프렌치 토스트

두 번째 선물은 아르마스 광장에 펼쳐지고 있었다. 아르마스 광장에서는 에버랜드 퍼레이드의 몇 배 규모로 퍼레이드가 펼쳐지고 있었다. 사람들이 종류별로 전통의상을 입고, 전통 춤을 추는 퍼레이드였다. 한 무리 사진을 찍으면, 다음 무리가 다가와서 정신 없이 카메라 셔터를 눌렀다(사실 아이폰 촬영 버튼이었지만). 이 퍼레이드가 시작될 거란 걸 어떻게 알았는지, 2층 테라스가 있는 카페에는 외국인들이 가득히 앉아서 사진을 찍고 있었다. 지나가는 사람에게 물었다. “오늘 무슨 날인가요? 무슨 퍼레이드죠?” 했더니 “매주 일요일마다 하는데요”라는 시크한 대답이 돌아왔다. 이걸 매주 일요일마다 한다고요? 세상에……. 이런 퍼레이드를 온 주민이 모여서 준비하는 게 즐거운 일인지 고된 일인지 알 길은 없지만 보기에는 즐거웠다. 뒷골목 구석구석에는 이 행렬에서 이탈한(?) 소녀들이 옹기종기 모여서 수다를 떨고 있었다. 어딜 가나 소녀들은 똑같구나.

이 두 번째 선물을 음미하다가 쿠스코의 세 번째 선물, 웨스턴 브런치를 경험할 순간이 되었다. 찾아간 'Jack's Cafe'에서 프렌치 토스트, 망고 주스를 먹으며 행복했다. 그 어떤 곳에서 먹은 프렌치 토스트보다 쿠스코에서 먹은 프렌치 토스트가 가장 맛있었다. 이런 게 바로 국경을 넘나드는 된장질이구나. 아, 행복하다.

쿠스코를 생각하면 이 세 가지 추억이 떠오른다. 고산병으로 고생한 하루는 덤이고. 쿠스코는 고산병이 없이도 나른해진다. 어기적어기적 걷고, 괜히 동네를 어슬렁대게 된다. 아르마스 광장도 넓지 않아서 중심가를 맴돌다 보면 "나 한국에서 일했었지" 하는 아저씨도 만나게 된다. 밤이 돼서 "쿠스코 야경이나 보러 나갈까?" 일행 몇몇이 다시 아르마스 광장으로 향했다. 사실 야경은 별게 없었다. 그냥 아르마스 광장에 비추는 주황색 조명이 다였다. 그래도 좋았다. 우리는 모든 게 느려진 쿠스코에 있고, 해는 졌고, 바람은 시원하고, 친구들이 곁에 있고, 조명은 흐릿하고. 누워 있느라 못 찍었던 사진도 실컷 찍었다. 그렇게 쿠스코에서의 밤이 지났다.

Good, Good Night.

그날밤 풍경들

TIPS FOR TRAVEL

1 쿠스코에서 머문 '알고마스' 게스트하우스는 한국 분들이 운영하고 있었다. 이것저것 잘 챙겨주셨고, 시설도 좋았다. 고산병 약, 라면 등을 쉽게 살 수 있는 장점도 있다. 여행사도 겸해서 하시는 걸로 알고 있다. 영어나 스페인어에 자신 없는 분들이라면, 더더욱 추천한다.
홈페이지 주소: http://cafe.naver.com/algomascusco

2 **Jack's Cafe**
주소: Choquechaka 509, Cusco, Peru
전화번호: 51-84-254606

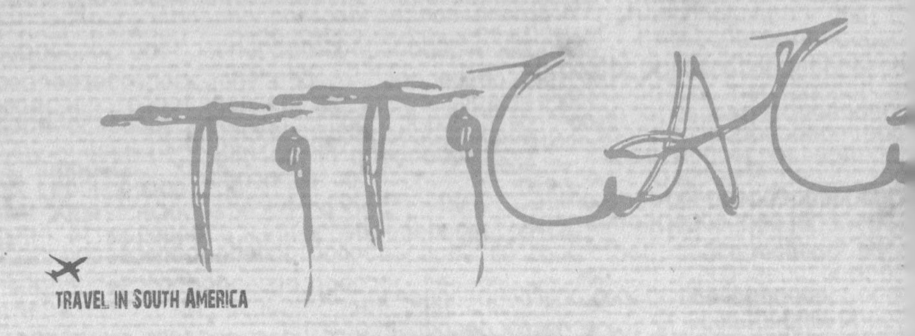

이름도 참 예쁘지, 티티카카

배를 타고 티티카카 호수로 들어가는 길. 신비로운 기운이 느껴진다.
졸려서 더 그랬을까.

이제 볼리비아 라파즈로 떠난다. 볼리비아 라파즈로 가기 위해 쿠스코 – 티티카카 호수 – 볼리비아 국경 순으로 여정이 진행된다. 쿠스코에서 하루를 더 자고, 티티카카섬으로 향하는 야간 버스를 탔다. 누군가에게는 숙면, 누군가에게는 괴로움을 선사하는 버스에서 내려 티티카카 호수에 도착하니 새벽이다. 버스 터미널에서 2시간 동안 하릴없이 티티카카 호수로 떠날 투어 차를 기다려야 한다. 이건 진정한 시골 버스 터미널이었다. 아무것도 없고, 귀중한 화장실 하나만 겨우 있는 곳이다.

그곳에 가고자 하는 자에게는 약간의 돈이 필요하다. 남미의 화장실에는 종종 화장실 앞에 데스크가 있고, 그 앞에 앉은 분이 돈을 받은 후 약간의 두루마리 휴지를 쥐어준다. 그 휴지의 길이가 터무니없게(?) 느껴질 때가 있으니 본인의 휴지를 가져가는 게 이롭다. 종종 돈을 내었다는 증표인 작은 종이를 주기도 한다.

비몽사몽 간에 버스 터미널에서 과자를 좀 먹다가 티티카카 호수로 향했다. 티티카카 호수는 왜 유명할까? 입버릇처럼 "저 티티카카 호수에 갈 거예요"라고 얘기했는데, 도대체 왜 티티카카 호수가 유명한지 지금에서야 생각한다. 네이버를 통해 검색한 결과, 티티카카 호수는 하늘과 가장 가까운, 가장 높은 곳에 있는 호수라고 한다. 세계적으로 유명한 데는 다 이유가 있구나. 역시 여행에서 가장 중요한 건 컨디션이다. 그 멋지다는 티티카카 호수를 향하는데 아무 기대도, 설렘도 없이 나는 그저 '자고 싶다'는 생각뿐이었다. 아, 침대에 누워 자고 싶다.

티티카카 호수 안에 있는 우로스섬. 화려한 색의 치마를 입은 우로스섬 주민들이 우리 배를 기다리고 있다.

'흔들리지 않는 편안함'을 느끼고 싶다는 생각을 하며 봉고차에서 내려서 배를 타고 티티카카 호수 안의 '우로스섬'으로 향했다.

우로스섬은 옛날 원주민들의 방식 그대로 갈대로 엮어 만들어진 인공섬으로 여전히 사람들이 거주하고 있어서 유명해진 관광지이다. 그들은 '원시 그대로'의 방식으로 살고 있다고 했다. 배를 타고 섬에 다가가자 전통의상을 입고 있는 섬 주민들(주민이라고 해봤자 9~10명)이 모두 일어나 손을 흔든다. 그리고 전통 인사를 건네며 손을 잡아 우리를 이끈다. 갈대로 만들어진 집에서 나오며 이 섬에서의 삶을 보여주는 그들에게서 프로의 향기가 느껴졌다. 얼마나 오랫동안, 얼마나 많은 관광객에게 '원시의 삶'을 인공적으로 전시해 보여줬던 걸까. 비몽사몽 간에 그 갈대섬에서 복잡한 심경이 들었다. 우리는 어딜 가든 날 것 그대로인 원시의 삶을 보고 싶어 한다. 그러나 불행히도, 우리 같은 수많은 사람 덕분에 문명이 들어오지 않은 곳은 이제 거의 없다. 원주민들은 자본의 논리를 쉽게 알아채고, '날 것 그대로의' 연기를 충실히 행해준다. 이 타협점에서 가장 비겁한 자세는 원주민들을 '자본주의에 물들었다'고 비난하는 일이다. 그들에게 이 세상에서 문명과 단절되었으되, 문명인에게는 볼거리를 제공해야 하는 의무가 있는가? '낭만'의 또 다른 이름으로 느껴졌던 티티카카 호수에서 그들과 우리는 서로 적당한 연기와 예의를 갖춘 채 씁쓸하게 헤어졌다.

섬의 예쁜 꼬마들

Postcard

졸린 건 여전했는데, 배까지 고파졌다. 춥기까지 했으면 정말 완벽한 거지꼴이었을 텐데. 서둘러 밥을 먹으러 갔다. 밥을 먹으러 간 곳은 앞에서 설명했던 화장실이 있던 그 버스 터미널. 다른 곳에서는 식당 같은 걸 찾을 수가 없었다. 화장실을 거슬러 올라가 2층으로 가면, 식당 몇 개가 문을 열고 있었다. 아까 말하다 만 화장실에 대해 조금 더 설명을 하자면, 내리는 물은 바가지로 퍼야 하는데, 마땅히 어디서 손을 씻어야 할지 알 수 없는 구조의 화장실이었다. 그래서 휴지와 더불어 물티슈까지 있을 때 마음 편한 남미 여행을 할 수 있다는 점, 잊지 마세요. 아무튼 그런 열악한 화장실을 가진 이곳에 식당이 있고, 그 식당에서 음식을 만드는 분도 그 화장실을 이용할 테고……. '아, 생각을 말자. 화장실은 화장실. 식당은 식당. 밥은 밥. 밥을 먹자.' 마음 속으로 주문을 걸며 시킨 요리는 심지어 맛도 없었다. 겨우 케첩 맛으로 밥을 다 먹을 수 있었다. 그러니까 요리하던 아줌마가 1층 화장실을 쓸 텐데 같은 생각을 버려야 밥을 다 먹을 수 있다. 그러니 생각을 말자.

이제 티티카카 호수의 한쪽에 맞닿아 있는 볼리비아로 간다. 볼리비아 국경은 두 다리로 걸어서 넘는다. 국경을 걸어서 넘을 수 없는 나라에서 태어나, 국경을 넘어본 것은 남미에 오기 전 밴쿠버-시애틀 국경을 넘는 일뿐이었다. 국경을 건너는 것. 그 '사이'를 밟는 것에 대해 김연수 작가는 〈여행할 권리〉에서 이렇게 이야기했다.

"내게는 서태지를 위해 삭발하고픈 마음이 조금도 없었다. 벌써 은퇴라니. 대단히 시시하다고 생각했다. 국경이 없는 곳에서 자란 아이들이니까, 잠적이 불가능한 나라에서 태어난 아이들이니까, 고작 이십대에 은퇴를 선언해야만 하는 것이다. (중략) 기념사진들. 그중에는 물론 바닷가에서 찍은 사진들도 있었다. 거기가 우리가 갈 수 있는 가장 먼 곳이었으니까 그렇게 사진으로 남겨놓은 것이다. 그게 우리 인식의 지평이었다. 수평선 안쪽. 그 수평선 안쪽에서 우리는 태어났다. 잠잘 때도 우리 꿈의 배경은 그 수평선 안쪽을 넘어가지 못했다. 서태지도, 나도.

–〈여행할 권리〉 중에서. 김연수

우리는 결국 바다에 막혀 국경을 넘을 수 없는 존재들. 그런 우리가 함께 걸어서 볼리비아로 넘어간다.

BOLIVIA

TRAVEL IN SOUTH AMERICA

볼리비아 라파즈, 그래도 우리는 국경을 넘었다

걸어서 건너면 되는 볼리비아 국경.
웰컴? 정말 웰컴이야?

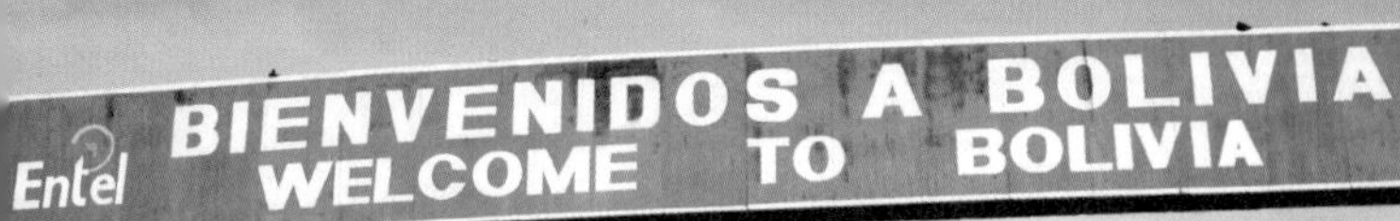

안녕, 볼리비아? 너 좀 그렇다?

페루 안녕.

볼리비아 국경을 넘는 일은 생각보다 험난했다. 그냥 쓱쓱 걸어가서 여권 보여주고 도장 땅땅 찍고 "웰컴!" 하면 되는 거 아닌가? 하는 생각이 정말 안일했다는 걸 발을 들여놓고서야 알았다. 무장을 하고 서있는 군인들은 '여권'을 달라며 친구 L과 나를 막아 세웠다. 어떤 상황에서든 '여권'을 뺏기면 안 된다는 생각에 코 앞에 들이대서 보여줬더니, 여권을 달라고 계속 성화였다. "몰라, 우리 영어 못해." 막무가내로 그냥 걸어갔다. 도대체 너희가 무슨 권리로. 출입국 사무소는 한술 더 떴다. 멀쩡한 우리 여권을 복사해오라고 야단이었다. "이걸 왜 복사를 해와? 그럼 복사기를 놔두지 그랬어! 이 멍청이들아!"라고 한국말로 아무리 해도 모르겠지. 아무래도 옆집인 복사집이 그들과 모종의 관계에 있는 것 같았는데, 왔다갔다 귀찮게 하느니 그냥 복사비만큼 돈을 달라고 하란 말이야! 군인 및 경찰들과 실랑이를 벌이고, 쓸데없는 복사비를 내며 복사를 하며 혈압이 오를 만큼 올랐다.

하지만 우리가 당했던 건 새 발의 피. 그냥 무시하며 경찰들을 가로질러 왔던 우리와 달리, 건장한 남자 일행들은 그들에게 붙잡혀서 가지고 있는 짐을 모두 수색당했다고 했다. 이 노트북이 어디서 산 건지 증명해 보이라고 하지 않나, 마약이 있는 거 아니냐고 하지 않나. 모두들 볼리비아에 들어가기도 전에 오만 정이 다 떨어지고 있었다. 부정부패야 그렇다 치고, 유일한 수입원일 것 같은 관광객들을 이렇게 막 대해도 되나? 더 기분이 나빴던 건 우리 앞에 서 있던 유럽 남자들은 그냥 무사 통과였기 때문이었다. "지금 동양인이라고 무시하는 거야?"라고 말하고 싶었다. 우리는 이

분노를 어쩌지 못한 채, 손에 쥐거나 가방 속에 넣어놓은 과자 봉지 같은 쓰레기들을 출입국 관리소와 복사집 앞에 마구 버렸다. 그것 밖에는 다른 복수는 못했다. 분하다.

그렇게 겨우 국경을 통과하고 도착한 라파즈의 첫 인상은 '무섭다'. 워낙 치안에 대한 이야기를 많이 듣고 와서이기도 했지만, 도시 전체가 안개가 내려앉은 것처럼 어둡고 무서웠다. 특히 차가 산동네를 지날 때는 정말 처음 접해보는 거친 광경에 조금 기분이 가라앉았다. 사람들과 차가 마구 뒤섞여 있었고, 매연은 산동네를 뒤덮고 있었다. 라파즈 숙소에 들어가서도, 선뜻 밖으로 나갈 용기가 나지 않았다. 하지만 우리에겐 무엇보다 큰 미션이 있었으니, 바로 저녁을 먹어야 한다. '배고파!'

봉고차 안에 갇혀서 과자나 먹다가 이제 저녁을 먹을 때가 돌아왔는데, 어둠까지 내려앉은 라파즈는 무섭기 짝이 없었다. 봉고차를 타고 숙소로 오는 도중, 우리 눈에 띈 건 그 어두운 분위기 속에서도 사람들이 줄 서 있는 통닭집! 그래, 치맥을 아는 사람들이 나쁜 사람일 리 없어. 우리는 용기를 내 통닭집으로 향했다. 가장 긴 줄이 서 있는 통닭집은 발 디딜 틈도 없었고, 사람은 없지만 적당히 외관은 비슷한 통닭집에 들어가 닭 두 마리를 시켰다. 이것은 바로 전기구이 통닭! 우리는 기쁨에 차 세르베싸 Cerveza, 맥주를 주문했는데, 그런 건 없다고 했다. "아, 그래? 그럼 사다 마실게!"라고 했는데 그것도 안 된다고 한다. 우린 시무룩해졌다. 너희도 언젠가 치맥을 알게 될 거야. 그리고 우릴 떠올리겠지. 그래, 그 꼬맹이들이

라파즈의 전기구이 통닭.
이런 치킨이라니. 뭘 좀 아는 사람들이다.

맥주를 마시고 싶다고 말한 첫 번째 손님이었어.

숙소로 다시 올라가는 길, 난 와카치나에서 잃어버린 양말의 자리를 채워줄 형형색색의 양말 세 켤레를 길거리 좌판에서 샀다. 그리고 일행들과 맥주와 이런저런 음식들을 사서 게스트 하우스로 돌아왔다. 숙소 지하에는 당구대와 TV 룸이 있었고, 우린 TV룸에 모여 앉아 맥주를 마시기 시작했다. 당구를 치던 프랑스 여행자들이 "뮤직 있니?"라고 물어서 우린 '뮤직'과 '세르베싸'(맥주)를 함께하는 밤을 보냈다. '치맥은 아직 모르지만, 전기구이 통닭을 아는 사람들이 사는 곳이니, 문제 없어'라는 생각과 함께.

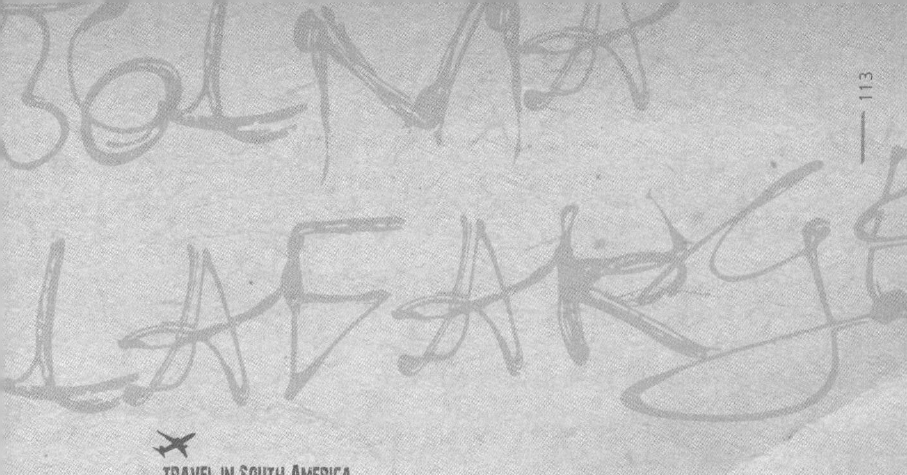

TRAVEL IN SOUTH AMERICA

라파즈, 비싼 건 세계 어디에서나 비싸

가방이 말썽이었다. 여행 초반인 페루에서부터 조금씩 뜯어지던 보조 배낭은 와카치나에서는 완전히 뜯어져서 일행 중 한 분이 정성 들여 한 땀 한 땀 꿰매주셨다. 실바늘 같은 건 가지고 오지도 않았던 여행에서 신세를 단단히 지고 있었다. 하지만 결국 라파즈에서 보조 배낭은 나의 인내심의 한도를 넘어섰다. 이 보조 배낭으로 말할 것 같으면, 여행을 떠나는 내게 엄마가 아빠의 등산 배낭 중 가장 귀여운 사이즈로 골라서 준 것이다. 도대체 우리나라 등산용품이 이렇게 허술할 수 있는가라고 생각하는 와중에 아주 중요한 사실을 발견했다. 엄마가 주신 이 가방은 국내 굴지의 등산용품 브랜드 '코오롱 스포츠'가 아니라, '코오롱 마운틴'이라는 알 수 없는 브랜드라는 것. '엄마, 왜 저에게 코오롱 마운틴을 주셨나요.'

오늘의 미션은 이 가방을 버리고 좋은 보조 배낭을 살 것. 그리고

'아주 편히 쉴 것'. 나의 이런 계획과는 다르게 다른 일행들은 오늘의 일정에 술렁이고 있었다. 그것은 바로 볼리비아의 '데스 로드Death Road'! 그것은 죽음의 길이라고까지 불릴 만한 산길을 자전거로 달리는 투어다. 실제로 그 길을 자전거로 달리다 유명을 달리한 여행자들이 꽤 있다고 한다. 일행 중 남자들은 모두 망설임 없이 데스 로드를 신청했고, 여자들은 괜찮을지 꽤 고심하는 눈치였다. 나는 아무 고민이 없었는데, 그 이유는 나의 자전거 실력. 한강 자전거 도로에서도 괴성을 지르며 멈추기를 수십 번 하는 나에게 데스 로드란 정말 말 그대로 죽음의 길로 이어질 것이 분명했기 때문이다. 결국 여자 일행들은 모두 라파즈에 남기로 했고, 남자들만 아침부터 죽음의 길로 여행을 떠났다.

친구 L, 귀여운 K양과 셋이서 아침을 먹고 느긋하게 라파즈 시내로 나섰다. 훤한 대낮에 만나는 라파즈는 어젯밤의 라파즈와 사뭇 느낌이 달랐다. 여전히 사람들은 많고, 거리는 더럽고, 매연으로 가득했지만 생기 있는 느낌이 가득했다. 우선 가방을 사볼까. 전 세계 배낭 여행자들이 모이는 곳답게 온갖 브랜드의 배낭을 파는 숍들이 많았다. 그간 사고 싶었지만, 비싸서 망설이다 사지 못했던 오스프리 가방을 사고 싶었다. 페루 리마의 미라플로레스에서도 들었다 놓기를 여러 번 했던 가방이다. 여긴 볼리비아니까, 훨씬 싸겠지? 부푼 가슴을 안고 오스프리 가방 매장에 들어서는데 문은 철저하게 잠겨 있었고, 보디가드가 와서 보안 장치를 해제해야 입장이 가능했다. 매장 안으로 들어가서 가격표를 보고 그들의 철저한 보안을

한국에서 비싸서 못 사면, 전 세계 어디에서도 비싸서 못 산다는 진리.
왼쪽 녹색 가방이 갖고 싶었다.

납득할 수 있었다. 볼리비아 물가를 생각하면, 이 매장은 거의 금괴를 보관하는 은행이나 다름없었다. 오스프리 가방들은 한국, 유럽, 미국 어느 매장과 비교해도 손색이 없게 동일하고 비싼 가격을 자랑하고 있었다. 인터내셔널 브랜드를 우습게 본 나를 반성하며, 겸손해진 태도로 문을 열고 매장을 나왔다. 그리고 모두에게 오픈되어 있는 스포츠 매장에 들어가서 가방을 골랐다. 고심 끝에 나이키 가방을 샀다.

가방을 산 후 우리가 향한 곳은 라파즈의 호텔! 가이드북에서는 라파즈에서만큼은 '호텔에서의 럭셔리한 식사'를 경험해보라고 권유하고 있었다. 오스프리가 어디에서나 비싸듯, 호텔 뷔페도 어디에서나 비싸지만 라파즈의 호텔 뷔페는 한국 물가에 비하면 조금 무리할 수 있는 수준이었다. 그리고 무엇보다 맛있는 고기를 마음껏 먹을 수 있다는 사실에 한껏 고

무되어 있었다. 호텔을 가려면 구불구불한 길이 이어지는 '마녀시장'을 통과해야 했는데, 아무리 지도를 보며 걸어도 호텔을 찾기란 쉬운 일이 아니었다. 설상가상 쨍쨍하던 하늘에서 비가 쏟아지기 시작했다. 새로 산 가방을 우산 삼아 길을 찾다, 한 청년에게 길을 물어봤다. 점점 짧아지는 스페인어 실력으로 '여기가 어디야?'라고 묻자 그 착한 청년은 우릴 호텔까지 데려다주겠다고 했다. 그는 영어를 못했고, 우리는 스페인어를 못했으니 우리의 마음은 통할 길이 없었으나 감사한 마음이 전달이 되었기를! 그

PACEÑA BLACK,
볼리비아에서 만난 최고의 맥주와 함께하는 식사

렇게 찾아간 호텔에서 우린 고기를 먹고, 샐러드를 먹고, 흑맥주를 마셨다. 완벽하고 세련된 영어를 구사하는 웨이터 아저씨는 친절하게 우리에게 무엇이든 다 가져다주었고, 최고의 맥주를 추천해주었다. 호텔 꼭대기 층에서 매연이 잔뜩 낀 라파즈 전경을 내려다보며 점심을 즐겼다.

고기가 너무 많이 남아서, 남은 고기는 싸달라고 부탁해 남은 고기를 든든하게 등에 메고 다시 숙소 쪽으로 향했다. 숙소로 가는 길에는 라파즈의 유명한 거리 '마녀시장'을 다시 지나야 했다. 마녀시장에 가기 전에 '마녀시장'이라는 이름만큼이나 무시무시한 온갖 이야기를 들었다. 야마 태아를 말린 기념품을 판다느니, 온갖 동물 박제를 판다느니. 하지만 실제로 마녀시장의 느낌은 온갖 기념품을 수많은 가게에서 동일하게 판매하는 인사동 거리 같았다. 이럴 때 필요한 건 흥정 능력과 가격 비교 능력. 그간 스페인어를 잘하는 미남들에게 우리의 흥정을 모두 맡겨왔는데, 이제 그동안 배운 걸 모두 써먹을 때다! 우린 최저가가 아니면 사지 않겠다는 마음가짐으로 마녀시장을 누볐다. 그리고 그간 흥정을 대신 해준 일행들이 꾸준히 흥정에 성공해왔던 것은 스페인어를 잘해서도 아니요, 밀당에 능해서도 아니요, 그저 '잘생긴 남자'여서였던가 하는 의문을 품게 되었다. 시장의 언니, 아줌마들은 우리에게 냉랭하기 짝이 없었고, 단 1볼도 깎을 수 없었다. 그곳에서 한국에 돌아가서 나눠줄 기념품들인 야마 모양 냉장고 자석, 천으로 만든 필통, 친구 아기에게 선물할 남미 바지, 야마 인형이 달린 볼펜 등을 샀다. 물론 단호한 정가에.

흔한 길거리 기념품 노점상들

아무리 쌩쌩하게 다녀도, 고산 지대에서는 쉽게 지치고 누우면 등을 떼기가 힘들어진다. 쇼핑을 마치고 돌아와 침대에 누워 있는데, 데스 로드에서 일행들이 돌아왔다. 그들은 더욱 처참하게 지쳐 있었다. 특히 나와 동갑인 미남 약사는 반나절 만에 5년은 더 늙어 보였다. "정말 죽을 뻔했어!"로 시작되는 데스 로드 후기를 들으며, 저녁을 먹고 잠을 청했다.

이런 것들을 팔기에 마녀시장으로 불린다.

TRAVEL IN SOUTH AMERICA

볼리비아 라파즈, 우유니로 가기 직전

다음 날 일어나니 데스 로드에 다녀온 일행의 몰골은 더 처참했다. 죽어가는 게 아닌가 싶은 사람들을 모두 모아 호텔 뷔페로 향했다. 역시, 라파즈는 호텔 뷔페인가. 어제 갔던 호텔과 다른 호텔로 우르르르 몰려가 폭식을 예고했다. 이미 호텔을 다녀왔던 나는 조금 시큰둥하게 뷔페를 즐겼다. 난 전날 구입한 무려 '나이키 가방'을 일행들에게 자랑했는데, 도대체 어떻게 그게 나이키라는 믿음을 가질 수 있었느냐는 놀림만 잔뜩 받았다. 한국 돈으로 7만 원 정도 적지 않은 돈을 주고 샀다고 하니, 일행들의 코웃음 소리는 더 커져갔다. 정말 이 시대의 불신, 서로 믿지 못하는 사회에 대한 염려가 커져갔다. 무엇이 이들을 불신하는 자들로 만들었는가.

클림트 그림이 생각나는 코카 박물관 입구

혀를 차며 방에 돌아와 나이키 가방을 이 잡듯이 뒤져 '나이키라는 증표'를 찾아내기 위해 애썼다. 이 가방이 나이키라는 증표는 가방 아래에 박음질되어 있는 엄지손가락만 한 나이키 로고가 다였다. 안에 흰색 세탁 라벨도 붙어 있긴 했지만 이럴 때일수록 믿음이 가장 중요한 법. 나이키인지 나이키가 아닌지가 중요한 게 아니라, 내가 나이키라고 생각하고 대하는 태도가 중요했다. 왜냐하면 이미 7만 원이나 냈으니까! 여행 내내 나이키 가방은 흠집 하나 없이 여행을 잘 견뎌줬다. 모두가 의심했지만 아마도 진짜 나이키가 아니었을까?

점심을 먹고, 어제 마녀시장을 구경하지 못한 일행들은 마녀시장으로, 나와 친구 L은 미술관에 가기로 했다. 호텔 근처에 위치한 미술관에 당도하고 그 앞에 선 순간, '미술관'이란 어떤 곳인지에 대한 철학적인 질문을 던지게 되었다. 내일 당장 철거될 것 같은 이 건물이 '미술품'인가? 정말 '미술품'이 이 건물 안에 있을 수 있는가? 우리는 혼란 속에 발길을 돌려 '코카 박물관'에 가기로 했다. '코카 박물관'은 가이드북에서 소개한 박물관 중 가장 흥미로워 보였던 곳이다.

코카콜라의 원료인 '코카'는 '코카인'의 원료이기도 한데, 그 역사를 진열해놓은 박물관이라는 것이다. 박물관은 역시 미술관과 마찬가지로 어디까지가 '박물관'이라는 표현을 쓸 수 있는지에 대해 생각하게 되었다. 작은 카페만 한 크기의 공간에 코카와 관련된 사진들이 전시되어 있었다. 그리고 입구에서는 코카 사탕을 팔고 있었는데, 친구 L은 기념품 삼아 여러 봉지를 샀다. 나는 샘플로 하나 먹어봤는데, 입 안에 넣고 있으니 금세 입 안이 얼얼해졌다. 마취제로 쓰였던 원료답게 감각이 없어졌다. 박물관을 나와 외국인 관광객들에게 유명한 커피숍에 가서 요거트도 먹고, 오후 시간을 보내며 우유니로 갈 준비를 했다. 우유니에 가면 정말 아무것도 살 수 없을 거라는 충고에 우유니에서 마실 술, 간식, 물들을 잔뜩 사두었다.

이제 우유니로 출발한다. 스페인어 수업을 들을 때, 남미에서 가장 가보고 싶은 곳을 스페인어로 발표하는 시간을 가졌었다. 내가 스페인어로 뭐라고 했는지는 기억이 나지 않지만, 우유니 사막 사진을 보여주며 사람들에게 이곳에 꼭 가고 싶다고 말했었다. 그곳에 정말 가게 되다니. 조금은 어둡고 매캐한 라파즈에서 꿈 같은 우유니로 출발했다. 물론 버스로 한 12시간 정도!

TRAVEL IN SOUTH AMERICA

우유니 사막보다
아름다운 곳이 있을까?
아직은 모르겠어

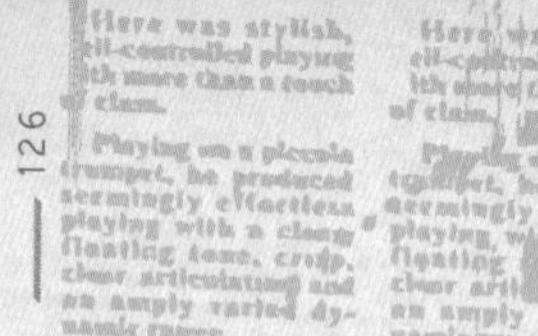

새벽녘에 우유니 사막에 도착했다. 버스에서 잠을 자는 날의 컨디션은 항상 최악이다. 물론 어김없이 남미의 버스는 훌륭하지만, 버스가 좋으면 뭐하나 잠을 못 자는데. 비몽사몽간에 버스에서 내렸다. 한 식당에 들어가서 우유니 투어를 기다렸다. 아직은 새벽. 아침에 투어가 시작하는 시간까지 이 식당 겸 카페에서 버텨야 한다. 큰 식당은 아침 메뉴와 마실 것들, 냉골 같은 방, 샤워시설 등이 갖춰져 있었다. 아직 쌩쌩한 일행들(버스에서 잠을 잘 수 있는 부류의 사람들)은 우유니 시내를 구경하러 나가고, 전혀 쌩쌩하지 못한 나는 겨우 밥을 먹고 침낭을 꺼내 냉골 같은 방에 있는 침대에 펼쳐 잠을 청했다. 오픈된 거나 마찬가지인 장소에서 잠이 올 리는 없었지만, 그래도 움직이는 것보다는 침낭 안에 누워 있는 편이 나았다. 그리고 샤워도 했다. 굳이 이렇게까지 샤워를 해야 하나? 싶었지만 남미에서 샤워는

할 수 있을 때 해놓는 게 좋다. 다음에 언제 샤워를 할 수 있을지 모르므로.

우유니 투어는 운전하는 가이드와 일심동체가 되어 이뤄진다. 차 한 대, 가이드 한 명 그리고 투어하는 사람들(6명 정도)이 함께 이동하며 투어를 한다. 밥도 가이드가 해주고, 운전도 가이드가 해주고, 설명도 가이드가 해준다. 그만큼 가이드가 어떤 사람인지가 중요하다. 우유니 투어는 2박3일 동안 이뤄지는데, 대장의 말로는 남미 여행 중 '가장 하드 코어'한 경험이 될 거라고 했다. 춥고 배고프고 씻기 힘들 거라는 경고와 함께 우유니 투어가 시작되었다. '괜찮을 거야, 난 샤워도 미리 해뒀잖아? 그리고 보송보송한 물티슈도 있고.'

지프차를 타고 첫 번째로 향한 곳은 '기차들의 무덤'. 말 그대로 이제는 더 이상 달리지 않는 기차들이 죽음을 맞이한 곳이다. 그들은 달리기를 멈추고 관광객들과 사진을 찍으며 사후 세계를 보내고 있었다.

두 번째로 간 곳은 바로 소금 호텔! 수많은 남미 여행 사진에서 본 세계 각국의 국기가 꽂혀 있는 곳이다. 그곳에서 한가운데 가장 크게 태극기도 펄럭이고 있었다. 새하얀 소금 사막 위에 꽂혀 있는 총 천연색의 국기들이 예뻤다. 그 지점에서 사진을 찍으니, 어떻게 찍어도 잘 나왔다. 그리고 원근법 따위 무시할 수 있는 우유니 사막만의 특징을 살려 온갖 사진을 찍었다.

사진을 실컷 찍다가 우린 그곳에서 점심을 먹기로 했다. 점심은 가이드가 준비해온 음식을 세팅해서 지프차 트렁크 부분을 열어서 진열(?)하면 우리가 서서 먹는 시스템이었다. 각 차마다 가이드 특성대로 메뉴들이 다 달랐다. 우리의 메뉴는 구운 지 며칠 지난 것 같은 질긴 고기였다. 인간의 이빨로 소화시킬 수 있을지 걱정이 되었지만, 배고팠던 우린 뭐라도 먹었다. 이번에도 나에게 큰 의문이 생겨났다. 우유니 사막에는 화장실이 거의 없다. '나뚜랄 바뇨Natural Baño', 자연의 화장실을 이용해야 하는 곳이다. 바위가 좀 있는 곳에 차를 세우고, "자, 자유롭게 나뚜랄 바뇨를 이용해!" 라고 말하면 남녀가 각각 다른 방향으로 뿔뿔이 흩어지는 식이다. 가이드도 나뚜랄 바뇨를 이용할 테고, 그럼 손을 씻을 수 없었을 테고, 그 손으로

그러니까 이런 사진들?

이 먼지 구덩이의 지프차를 운전했을 거다. 그런데 저 청년은 물티슈도 없다. 그 손으로 이 음식들을 손수 차려주었는데……. 생각을 말자. 이 음식이 어떻게 나에게 오게 되었는지를 생각하지 말고, 눈앞의 음식에만 집중하자. 머릿속을 비우며 후식까지 먹어치웠다. 이제 본격적인 우유니 사막 투어, 사진으로만 보던 그곳으로 떠난다.

우유니 사막은 건기와 우기로 나뉜다. 우기에는 우유니 사막에 찰랑찰랑 찬 물에 사람들이 반사되어 정말 예쁜 사진을 얻을 수 있다. 내가 갔던 시점은 건기와 우기의 사이로 물이 거의 없었지만 아예 없지도 않은 애매한 상태였는데, 그게 더 좋았다! 걷는 데 질척이지 않았고, 물에 반사되는 사진을 찍을 수 있었다. 그곳에서 우리는 한참을 감탄하고, 한참을 사진을 찍고, 한참을 웃었다. '와, 지금 우리 우유니 사막에 있어. 사진으로만 보던 그곳에서 사진을 찍고 있어.'

그리고 저녁노을을 함께 보았다. 와카치나에서 본 저녁노을 다음으로 우리 모두 함께한 저녁노을이었다. 아무것도 눈앞에 걸리지 않는 끝없는 지평선에 해가 지고 있었다. '아, 아름다워. 남미에 오길 잘했어. 우유니에 오길 잘했어.' 마음 속으로 그 이야기밖에 할 수 없었다. 뷔페에서 온갖 산해진미를 먹느라 과식하듯, 세상의 예쁜 것은 다 우유니에서 과식한 기분이었다.

셀프 인증샷

소금 호텔의 내부. 벽이 다 소금이다.
의심이 많은 자, 긁어서 먹어보니 진짜 짭디다.

오늘밤은 우유니의 소금 호텔에서 잔다. 도착하니, 투어에 지친 이들을 위한 음식이 준비되어 있었다. 우리는 와인과 맥주를 함께 마셨다. 그리고 밖에는 별이 비처럼 쏟아지고 있었다. 별똥별을 볼 때마다 사람들이 지르는 탄성을 들으며, 잠자리에 들었다. 내일의 또 아름다운 우유니를 기대하며.

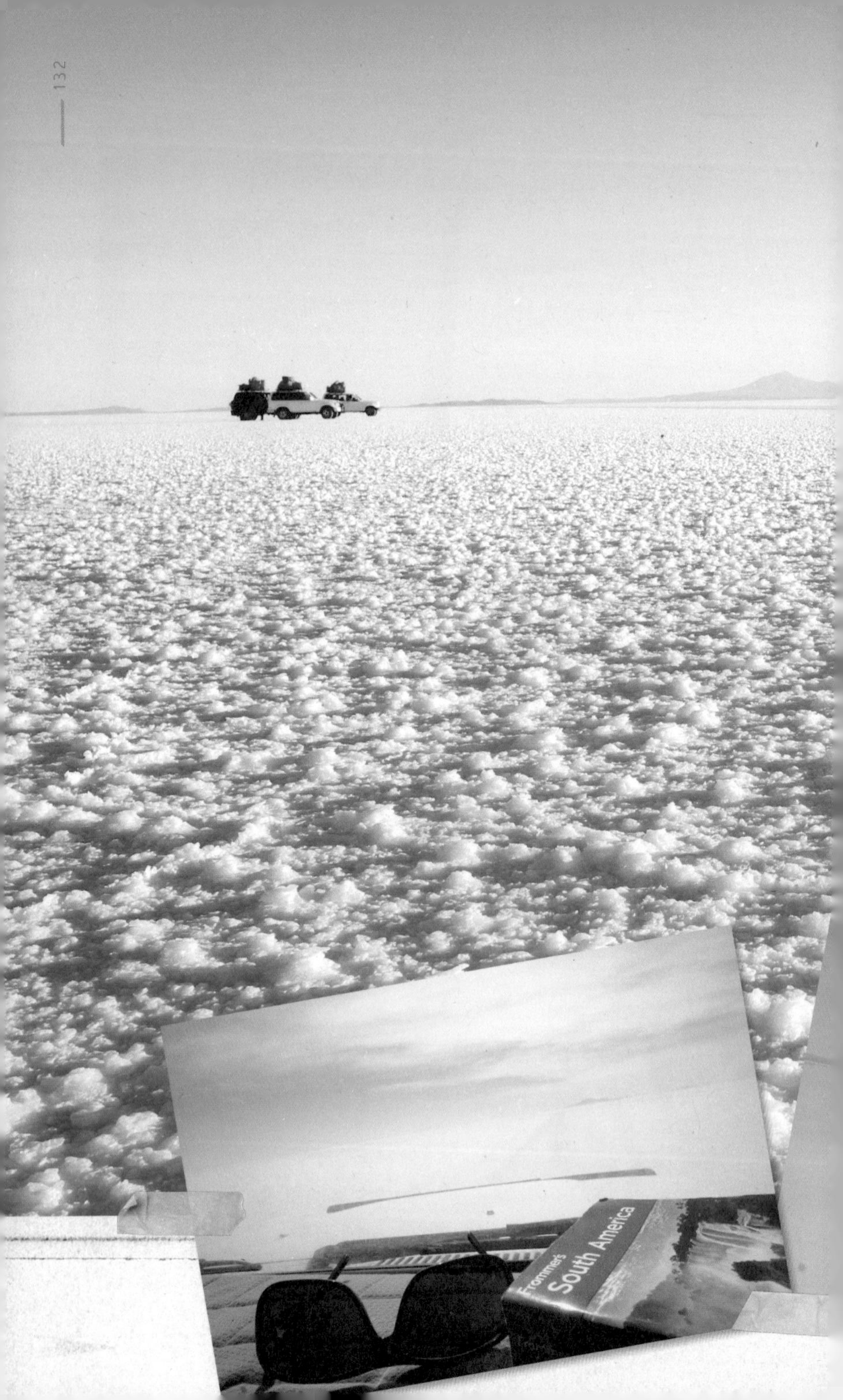
Frommer's
South America

estaurant is really gone.

우유니의 저녁노을

TRAVEL IN SOUTH AMERICA

우유니는 아름다운데, 나는 지쳐가

우유니 둘째 날. 아침에 샤워를 했다. 게스트 하우스에 물어보니 이곳은 샤워가, 심지어 뜨거운 물로 가능한 곳이었다. 다만 얼마간의 돈을 내야 한다. 그 정도야 뭐! 아예 샤워가 불가능하리라고 생각했던 것에 비하면 아름다운 조건이었다. 우리는 사이 좋게 뜨거운 물이 나오는 샤워 부스에서 돌아가며 샤워를 했다. 그런데, 어떻게 돈을 내지? 샤워장 앞에서 누가 의자를 놓고 앉아서 돈을 받는 것도 아니고, 어떻게 계산을 한다는 건지. 그 샤워 부스에서 한 명이 샤워했는지 열 명이 샤워했는지 알게 뭐람. CCTV가 복도에 있는 것도 아니고. 이런 안일한 생각을 가지고 아침을 먹으러 식당에 가니, 게스트 하우스 직원이 나에게 '샤워비'를 요구했다. 아니! 어떻게 알았지? 점집에 들어선 기분으로 돈을 냈다. 일행 중 한 명이 장난 삼아 "샤워 안 했는데요"라고 말하자, 그녀는 웃으며 그의 젖은 머리를 가리켰다. 아, 이런 단순한 방법이 있었구나. 그녀는 젖은 머리로 다니는 사람 모두에게 알뜰하게 돈을 받았다.

우유니 사막의 호수들, 플라멩고들

아침을 든든하게 먹고 상쾌하게 출발했다. 오늘은 어제보다 얼마나 더 아름다운 것들을 보게 될까. 큰 기대를 품고 지프차에 '끼어서' 탔다. 지프차에는 생각보다 많은 인원이 탔는데, 앞자리 한 명, 중간에 네 명, 뒤에 두 명 그리고 가이드 한 명, 총 여덟 명이 좁은 공간에서 이산화탄소를 배출하고 있었다. 어깨를 끼워 맞춰 앉아서 달리고 달려 도착하면 내려서 사진을 찍고, 다시 차에 타 어깨를 끼워 맞추고 또 달려가는 시스템이었다. 그런데 오늘은 어제 봤던 희고 맑은 소금 사막이 아닌, 그냥 모래 사막이다. 창문을 열 수도 없어 답답한 차 안에 계속 갇혀 있다가, 목적지에 내리면 엄청난 모래바람이 몰아쳐 몸을 가눌 수도 없었다. 얼른 사진을 찍고 차 안으로 숨어 들어갈 수밖에. 기괴한 암석들, 붉은 빛깔의 호수, 파란 빛깔의 호수, 녹색 빛깔의 호수 등등에 차가 멈추고, 우리는 내려서 사진을 찍었다. 어제의 우유니를 기대했던 우리에게 호수와 암석은 조금 실망이었다. 이런 건 우유니가 아닌 곳에도 있잖아! '우와~' 감탄사를 내뱉다가도 '이거 캐나다 로키에서 본 거 같은데'라는 궁시렁을 덧붙이고 있었다.

결국, 나와 K양은 삐뚤어지기 시작했다. 일행들이 사진을 찍기 위해 우르르 지프차 밖으로 나가면, 우리는 그간 접어왔던 어깨를 펴고 시트에 드러누웠다. 그리고 창문을 열거나 차문을 열어 풍경을 감상했다. "여기서도 호수가 다 보이네~. 저기 저 돌 보이지? 여기서도 다 보여~." 아이패드로 잔잔한 음악을 틀고, 우리는 누워서 망중한을 즐겼다. 일행들이 사진 안 찍냐고 물어볼 때마다 여유 있는 미소를 보내며. "가까이에서 봐서 예쁜 건 멀리서 봐도 예뻐." 게으른 자들의 변명은 언제나 그럴싸하지 않은가?

그렇게 차에서 내리지 않고 안에서 뒹굴거리자 가이드가 말을 걸었다. 그는 영어를 모르고, 나는 스페인어를 모르니 우리의 대화는 아주 제한적이었다. "뽀또 뽀또" 그의 말에 '아, 나랑 사진을 찍고 싶은 건가? 역시 지켜보고 있었군.' 흐뭇한 미소를 지으며 아이패드로 사진을 함께 찍었다. 그런데 그가 단호한 얼굴로 그게 아니라며 "노"라고 하는 게 아닌가. 아, 무안해. 알고 보니 그는 내가 사는 곳, 내가 온 서울의 사진을 보고 싶다는 이야기였다. 머쓱해진 나는 아이패드를 뒤져 서울의 사진들을 보여줬다. 다양한 서울의 모습을 보여주고 싶었지만, 서울의 관광명소에서 사진을 찍을 일이 뭐가 있었겠나. 대부분 카페 사진, 아파트 사진밖에 별다른 사진이 없었다. 그래도 이것저것 설명해주려고 노력했다. 나보다 어린 그는 벌써 아이들의 아버지였고, 볼리비아에서 돈을 벌어 살기가 어렵다고 이야기했다. 그리고 언젠가는 한국에 가보고 싶다고 했다. 하지만 볼리비아에서 한국에 오는 비행기 값을 감당하는 게 얼마나 힘든 일인지 그도 알고, 나도 알기에 우린 조금 씁쓸한 웃음을 지었다. 하지만 정말 언젠가는 한국이 아니어도, 볼리비아 바깥의 세상을 알게 되길 진심으로 빌어!

우유니 둘째 날에 본 기괴 암석.
물론 차 안에 누워서 감상했다.

우유니 사막에서의 최대의 고비는 단연 화장실. '나뚜랄 바뇨', 즉 노상방뇨를 권장하는 우유니의 자유로운 시스템에 절대 적응이 안 됐다. 우선 최대한 참고, 사람들이 만든 인위적인 '유료' 화장실이 나올 때까지 또 참는 게 나의 원칙이었다. 친구 L은 "네가 가는 화장실이 더 더러워~"라고 했지만, 도저히 대자연 앞에 엉덩이를 깔 수 없는 선천적 부끄러움을 어쩌란 말인가. 난 매번 더럽기 짝이 없는 유료 화장실로 향했다. 거기서 느낀 참혹함을 굳이 글로 남기지 않겠다. 여러분은 부끄러움을 이겨내고 나뚜랄 바뇨를 이용하길 바란다.

신비한 붉은 빛 호수

오늘 묵을 숙소는 소금 호텔이 아닌 게스트 하우스. 하루 일정을 모두 마치고, 지친 몸으로 숙소에 들어섰다. 춥고 배고픈, 그러나 깔끔한 일행들은 우선 씻기로 했는데, 여긴 정말 따뜻한 물이 안 나오는 곳이었다. 그 말을 듣자마자 난 모든 의욕이 사라졌다. 몇몇 용기 있는 자들은 찬물로 머리를(!) 감았다. 난 겨우 세수만 하면서도 온갖 호들갑을 떨었다. 씻고 자리에 앉아도 추웠다. 숙소라기보다는 천막이라는 느낌에 가까웠다. 듬성듬성 채워진 벽돌은 바깥 바람을 그대로 통과시켜서 한기가 느껴졌다. 가운데 위치한 난로에 불을 피우기 시작하자, 조금 온기가 돌았다. 전기도 없어서, 몇몇이 가져온 플래시를 세워놓고 밥을 먹고 라파즈부터 들고 온 술을 마셨다. 나도 여행 전문 사이트에서 야심 차게 구매한 플래시를 꺼냈는데, 겨우 코앞만 볼 수 있을 정도의 희미한 불빛이었다. 일행들은 이걸 돈을 주고 샀냐며 놀렸다. "너희가 몰라서 그렇지, 이게 얼마나 좋은 건데……." 하며 혼자 플래시를 만지작거렸다. 난로가 위치한 부엌 겸 거실에서 밥을 먹고 술을 마실 때는 괜찮았는데, 방에 들어가 잘 일이 걱정이었다.

침낭이 있긴 했지만, 이건 거의 〈1박2일〉에서나 보던 야외 취침을 하는 분위기. 그렇다고 거실에 침낭을 놓고 자기에는 밤새서 불을 지펴줄 사람이 필요했다. 어쩔 수 없이 방에 들어와 최대한 옷을 껴입고 침낭 안으로 들어갔다. '이 정도면 잘 수 있겠는데?'라는 기분이었지만 너무 추웠는지 새벽에 눈이 떠졌다. 눈을 떴는데, 엄청난 공포가 밀려왔다. 도시의 어둠과는 차원이 다른 '완벽한 어둠'이 나를 감싸고 있었고, 오리털 점퍼까지 꽁꽁 껴입은 탓에 숨이 막혀왔다. 아이폰! 뭐라도 빛이 나는 물건을 손이 쥐고 싶었는데, 아무것도 곁에 없었다. 지금이 몇 시인지, 주변에 누가 있는지, 아무것도 알 수 없는 완벽한 어둠의 공포였다. 부산스럽게 일어나서 겨우 아이패드를 열어 시간을 확인하고 나서야 다시 누울 수 있었다. 겨우 새벽 3시. 아직도 자야 할 시간이 길다. 우유니에서 남미 여행 통틀어 가장 춥고, 가장 긴 밤을 보냈다.

"네가 안 보여."

"안 보여도 옆에 있어."

"응."

–〈주말에 숲으로〉 중에서, 마스다 미리

TRAVEL IN SOUTH AMERICA

우유니에서 칠레로
어머, 이거 포장도로예요?

우유니에서의 셋째 날. 드디어 우유니를 벗어난다. 춥고, 매일 가이드가 주는 똑같은 음식만 먹는 우유니에 조금 지쳐갈 무렵이었다. 첫째 날은 너무나 빛나고 아름다웠지만, 이제 따뜻한 곳으로 가고 싶었다. 오리털 점퍼에 침낭까지 두르고 추위에 떨다 깨어난 아침, 우리는 오늘 '온천'을 경험하게 된다고 했다. 이런 사막에 '온천'이 있다고? 전혀 믿기지 않았지만, 그 '온천'은 추위에 떤 우유니 여행자들의 마지막 피로 회복제 같은 것이라고 한다. 남자들은 안에 수영복을 입고, 나도 입을까 하다가 물에 들어갔다 나왔다 물 닦고 옷 갈아입는 일이 너무 귀찮을 것 같아 그냥 구경이나 하기로 마음 먹었다.

온천에 가기 전에 '유황천'에 먼저 들렀다. 달걀이 상한 듯한 냄새가 확 끼쳤다. 이 수증기(?)를 쬐면 피부에 좋다고 하는데, 유황온천에 다녀오면 피부가 좋아진다는 것과 비슷한 원리가 아닐까. 우린 사막 한복판에서 뿜어져나오는 유황천을 신기하게 바라봤다. 그리고 드디어 그 '온천'이 나타났다. '온천'을 본 나의 감상은 '에게? 겨우?' 온천이라고 하기에는 어린이 풀장 정도의 사이즈였다. 그래도 따뜻한 물에 목말라 있던 일행들은 온천에 뛰어들었고, 난 일행들의 DSLR 카메라들을 보관하며 사진을 찍어주었다. 그곳에는 몸매 좋은 외국 여자 여행자들이 비키니를 입고 뛰어들어서, 남자 일행들은 내가 카메라로 정수리를 찍든, 등을 찍든 상관하지 않는 분위기였다. 나는 아무 부담 없이 사진 촬영을 마칠 수 있었다.

피부에 좋은 수증기(?)가 솟아오르는 유황천

우유니의 마지막 코스인 온천까지 마치고, 이제는 우리가 헤어져야 할 시간. 볼리비아에서 칠레로 넘어갈 시간이다. 우유니 사막에서 우리는 지프차에 어깨를 포개며 "아, 좁아"를 외치며 계속 함께 있었다. 공간에 비해 사람이 많아서 좁은 것도 좁은 거지만 산악자전거를 타듯이 흔들리는 차 안에 있는 것이 더 괴로웠다. 볼리비아를 벗어나 칠레 국경에 접어들자마자, 도로가 포장도로로 바뀌었다. 운전하는 아저씨에게 "이, 이거 포장도로예요? 우유니에서 너무 힘들었어요!"라고 토로하자 껄껄 웃었다. "응, 여기서부터 이제 칠레야." 우리나라 고속도로보다 더 상쾌하게 닦여진 도로를 달려 우리는 칠레의 '아따까마 사막'으로 향했다.

칠레에 진입하자마자, 모두가 반팔을 입고 있었다. 이게 얼마 만에 느껴보는 따뜻함인지. 오리털 점퍼도 벗고, 재킷도 벗고, 남방도 벗고, 하나씩 옷을 벗으며 칠레의 풍요로움을 마음껏 느꼈다. 우유니는 아름다운 만큼 어느 정도의 고통을 견뎌야 하는 곳이었다. 이제 칠레에서 유명한 와인을 맘껏 마시며 풍요로운 시간을 보내리라.

숙소에 도착하자 우리가 예약한 숙소와 다른 곳이 배정되었다는 걸 알게 돼서 약간의 실랑이가 있었다. 결국에는 시내에서 한참 떨어져 있지만, 넓게 쓸 수 있는 숙소에 머물기로 했다. 시내로 가서 ATM에서 칠레 돈을 뽑으려고 하는데, ATM 안에 돈이 없었다! 작은 동네에 ATM도 몇 개 없는데, 전 세계에서 온 여행자들이 ATM 앞마다 몰려들어 발을 동동거리고 있었다. "저기 반대편 ATM은 어때?" "거기도 돈이 없던데." 이런 대화를 나누며 우리 중 몇 명만이 돈 뽑기에 성공했다. 아니, 왜 통장에 돈이

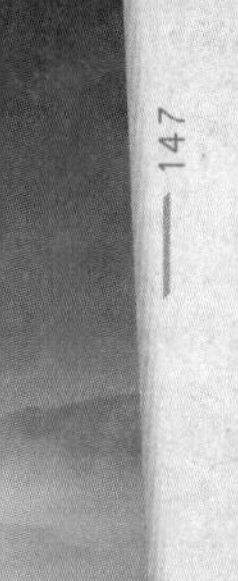

추위에 떨던 여행자들을 위한 온천

있는데 뽑지를 못하니. 내일은 더 일찍 돈을 뽑으러 오리라 다짐하며 성공한 친구의 돈을 빌려서 쓰기로 했다.

우선 점심을 먹은 후, 아따까마 사막에서 가장 유명한 곳인 '달의 계곡Valle de la Luna' 투어에 가기로 했다. 달의 계곡은 사막이 마치 달의 표면같이 생겼다고 해서 붙은 별명이라고 했다. 달의 계곡에서는 무엇이 우릴 기다리고 있을까? 우선, 기괴한 암석으로 이어진 동굴 탐험이 기다리고 있었고, 거대한 분화구처럼 뻥 뚫린 땅이 기다리고 있었고, 끝도 없이 걸어가는 사막길이 기다리고 있었다. 칠레 가이드 아저씨는 스페인어로 모든 걸 설명했고, 외국인 여행자들은 대부분 스페인어를 알아들었다. 직업이 영어 교사인 여행자 한 명이 영어로 가이드의 스페인어를 번역해서 설명해줘서 겨우 어떤 이야기를 하는지 알아들을 수 있었다. 이 모든 길의 끝에서 우리는 달의 계곡에서 가장 유명하다는 일몰을 보기 위해 절벽의 바위에 앉았다.

칠레 아따까마 사막의 일몰

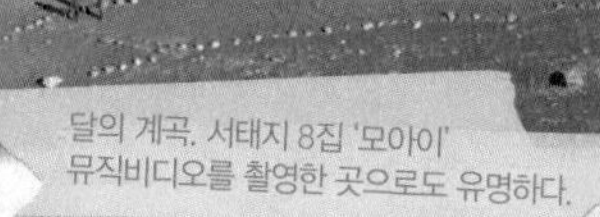

달의 계곡. 서태지 8집 '모아이'
뮤직비디오를 촬영한 곳으로도 유명하다.

우리는 전 세계에서 모여든 사람들과 모두 한 방향을 바라보며 천천히 우주에 깔리는 석양을 바라봤다. 지구지만, 지구가 아닌 곳. 가이드 아저씨가 준비한 샴페인으로, 우리의 경이로운 시간에 축배를 들었다.

살룻! (건배라는 뜻의 스페인어, ¡ Salud!)

TRAVEL IN SOUTH AMERICA

정말 몸이 둥둥 뜬다니까요? 칠레 아따까마의 소금 호수

여행 내내 아침마다 가장 일찍 일어나서 동네를 어슬렁거리는 게 나의 일과였다. 남미가 딱히 불편해서가 아니라, 여행지에서 일찍 일어나는 습관은 세계 어느 곳을 가도 똑같다. 아따까마에서도 눈이 번쩍 뜨였다. 곤히 자고 있는 친구 L과 K양을 뒤로 하고 호스텔 마당으로 나갔다. 우유니 사막에서 흙먼지란 흙먼지는 다 내려앉은 트래킹화를 빨아서 널 생각이었다. 일행 중 한 명의 희생(?)으로 생긴 낡은 칫솔로 비누 거품을 내서 쓱쓱 시원하게 트래킹화를 빨았다. 그리고 개운하게 널어놓고 있는데, 하나둘씩 부지런한 자들이 일어나기 시작했다. 그리고 또 동네를 어슬렁거리며 산책을 하다 호스텔로 돌아왔다. 호스텔이 있는 곳은 정말 시골 동네여서, 사람은커녕 동네 개들하고만 대화를 나눌 수 있었다. 특히 누가 딱히 키우진 않지만 호스텔 안에서 거주하기로 마음 먹은 개가 한 마리 있었는데, 그 개와 가장 많은 대화를 나누었다. 느릿느릿 거의 움직이지 않지만, 먹을 것 냄새만 풍기면 동작이 민첩해지는 영리한 개였다. 개를 쓱쓱 쓰다듬다가, 쓰다듬은 손을 비누로 한참 씻다가, 또 쓰다듬고, 손을 씻는 일의 반복이었다.

오늘은 소금 호수 투어가 기다리고 있었다. 사해처럼 염도가 높아서 들어가기만 하면 둥둥 몸이 뜬다고 했다. 소금 호수는 오후에 가기로 하고, 오전에는 시내에 나가서 밥도 먹고, 쇼핑도 하고, 저녁식사를 위해 장도 보기로 했다. 일행들과 함께 이것저것 구경도 하고, 쇼핑도 하고, 밥도 먹다가 남자 일행들과 잠시 떨어져서 K양과 단둘이 레스토랑 앞에서 일행들을 기다리고 있었다. 그때 갑자기 말을 거는 칠레 남자들. "너무 예쁘다, 시간이 있느냐, 맥주 한 잔만 마시고 가라"며 온갖 달콤한 말들을 퍼부었다. 그 남자 둘은 끝내 우리와 사진 한 장만 찍을 수 있겠느냐고 물어서 사진 한 장 정도는 찍어주었다. 지나가던 경찰차 안의 경찰은 우리에게 윙크를 날리고(누구에게 날린 윙크인지는 의견이 각자 다르다).

'그래! 남미에서 우리가 철저히 외면받았던 이유는 남자들과 항상 함께 있기 때문이었어!' 갑자기 급상승된 자신감으로 나는 서 있는 자세마저 달라졌다. 그리고 남자 일행들이 오자마자 "너희만 아니었으면 이 동양인이 보이지 않는 도시에서 엄청난 인기를 누릴 수 있었다"며 허세를 떨기 시작했다. 정말, 그 사건 하나가 아니었다면 어디를 가나 인기가 많은 남자 일행들에게 내세울 것 하나 없을 뻔했다는 생각에 가슴을 쓸어내린 건 비밀이다.

다시 숙소로 돌아와 수영복과 이런저런 짐을 챙겨서 소금 호수 투어에 나서는데, 날씨가 심상치 않다. 오전 내내 화창하다가 갑자기 먹구름이 몰려오고 있었다. 반팔만 입고 돌아다녀도 덥던 날씨가 갑자기 쌀쌀해지고, 소금 호수에 도착했을 때는 바람마저 세게 불기 시작했다.

아따까마 사막 시내의 모습

잘 있니? 아따까마에서 만난 내 친구.
계속 손 씻어서 미안해. 그런데 너 좀 더러웠잖니?

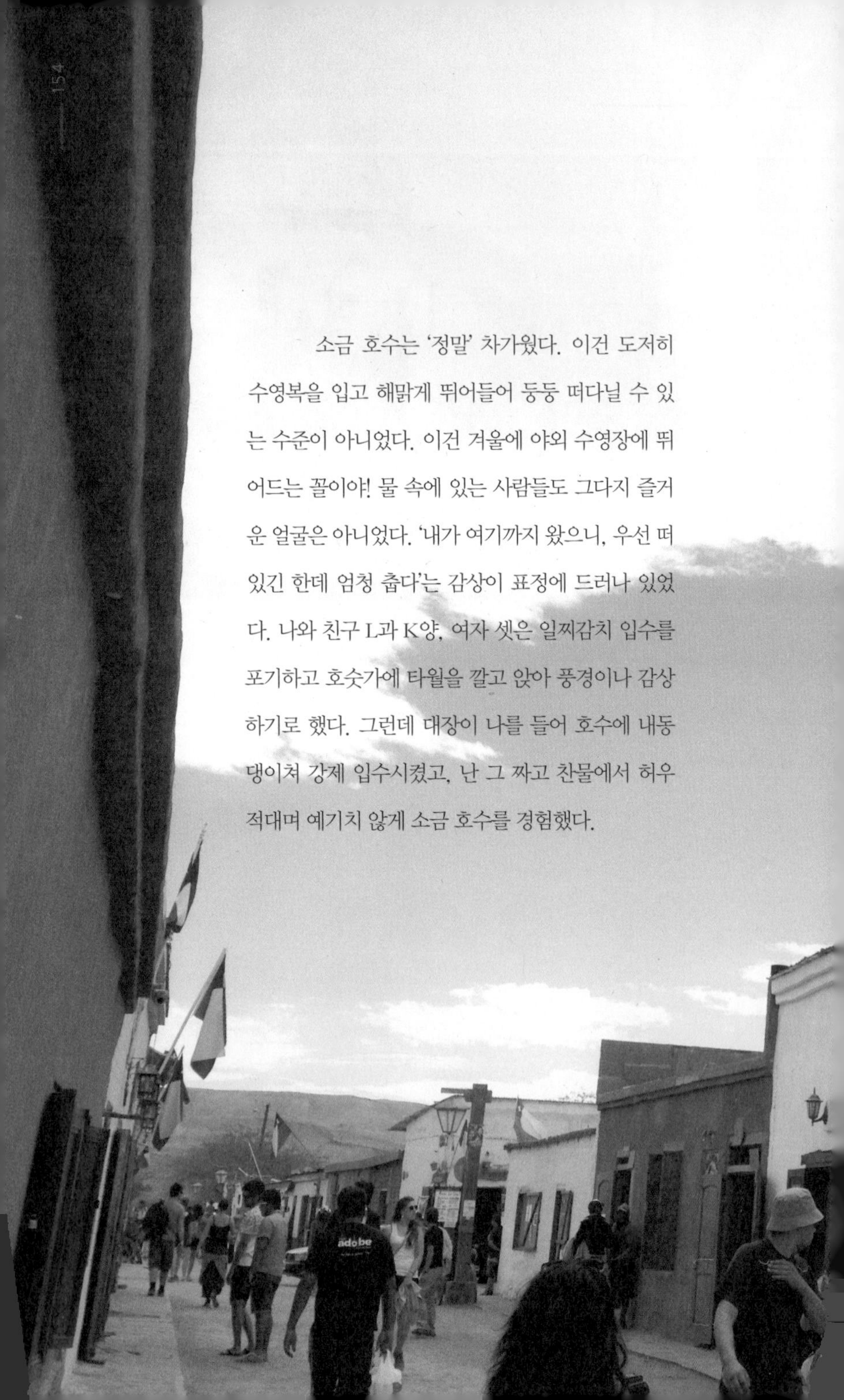

소금 호수는 '정말' 차가웠다. 이건 도저히 수영복을 입고 해맑게 뛰어들어 둥둥 떠다닐 수 있는 수준이 아니었다. 이건 겨울에 야외 수영장에 뛰어드는 꼴이야! 물 속에 있는 사람들도 그다지 즐거운 얼굴은 아니었다. '내가 여기까지 왔으니, 우선 떠 있긴 한데 엄청 춥다'는 감상이 표정에 드러나 있었다. 나와 친구 L과 K양, 여자 셋은 일찌감치 입수를 포기하고 호숫가에 타월을 깔고 앉아 풍경이나 감상하기로 했다. 그런데 대장이 나를 들어 호수에 내동댕이쳐 강제 입수시켰고, 난 그 짜고 찬물에서 허우적대며 예기치 않게 소금 호수를 경험했다.

우선 들어가기만 하면, 몸이 뜰 거라는 상상과는 다르게 소금 호수에서 둥둥 떠 있기란 어려운 일이었다. 온몸에서 힘을 빼고 소금 호수에 몸을 맡겨야 하는데, 겁 많기로는 둘째가라면 서러운 나는 물 속에서 계속 버둥거리며 일행들을 괴롭혔다. 그 엄청난 소금물이 눈에 들어가면 '실명한다'는 얘기가 있을 정도로 (실제로는 괜찮았습니다.) 괴로운데, 버둥거리느라 많은 사람에게 물을 튀겼다. '그러니 날 왜 집어던져서!'라고 항의도 못하고 하얗게 질려서 서면 무릎밖에 안 닿는 곳에서 버둥거렸다. 겨우 고개를 내밀고 사진 한 장을 찍고 바로 소금 호수에서 나왔다.

그날의 풍경들

당장이라도 비가 내릴 것 같은 소금 호수.
사람들이 머리만 내놓고 동동 떠 있다.

호수에서 나와서 타월로 몸을 닦아도, 이가 딱딱 부딪히게 추웠다. 소금 호수 투어는 소금 호수 이외에도 아름다운 호수들을 감상하고 일몰까지 보는 긴 투어였는데, 이미 소금 호수에서 내 체력의 97% 정도를 써버린 기분이었다. 그 외의 호수들도 아름다웠음에도 불구하고, 너무 추워서 차 밖으로 나갈 수가 없었다. 난 비키니 위에 담요를 칭칭 감아 차 안에서 오들오들 떨며 창 밖으로 고개를 내밀어 호수들을 감상했다.

어느덧 해가 질 무렵, 우리는 칠레 투어의 특징인가 싶은 샴페인 시간을 가졌다. 작은 까나페들과 샴페인을 한 잔씩 하기 위해 차 밖으로 나갔다. 운전사 아저씨가 깔끔하게 세팅해놓은 여러 음식들과 샴페인을 마시며 같은 차에 탄 외국인 여행자들과 대화를 나눴다. 그 순간 경험했던 아따까마 사막의 노을이 지금까지 봤던 노을 중 가장 드라마틱했다. 탁 트인 곳에서 우리가 누군가와 노을을 보는 시간을 이렇게 자주 가질 수 있다면, 사람들은 분명 덜 외로우리라.

그렇게 소금 호수 투어가 끝나고, 숙소에 돌아가니 '정전'이 우리를 기다리고 있었다. 우선 나는 데일 듯이 뜨거운 물로 샤워를 하고 싶었기에 손전등을 챙겨 들고 욕실에 들어갔다. 컴컴한 욕실 구석에 손전등을 세워두고 뜨거운 물로 샤워를 하니 오늘의 추위가 사르르 녹아내렸다. 다행히 샤워 중간에 전기가 들어왔다. 샤워를 하고, 일행들과 저녁을 준비해 먹었다. 어느새 하루가 지나고 내일, 산티아고로 가는 날이 돌아오고 있었다.

산티아고로 향하는 버스

TRAVEL IN SOUTH AMERICA

칠레 산티아고에 가는 길

아침에 일어나서 또 동네를 어슬렁거리다가 말은 안 통하지만 다정한 호스텔 아줌마가 준비한 아침을 먹고, 시내로 나갔다. 돈도 뽑고, 남미의 만두인 '엠빠나다'를 점심으로 사서 들어가기로 했다. 나의 가이드북을 따라 시내에서 제일 유명하다는 엠빠나다 집을 찾았는데, 웬걸 그곳은 여행사였다. "그래도 예전에는 엠빠나다 집이었지?" 하고 물어보니 그런 적 없다는 대답만 돌아왔다. 주소에 오타가 난 걸까? 가이드북에 대한 확신이 점점 사라졌다. 엠빠나다는 우리나라 튀김만두와 비슷하다. 안에 고기와 야채 속이 듬뿍 들어 있어, 한 끼 식사를 해결하기에 딱 좋다. 서울에서도 엠빠나다를 맛볼 수 있는 곳이 있으니 한 번 드셔 보시길.

다른 엠빠나다 집을 물어물어 겨우 엠빠나다를 사서 숙소에 돌아왔다. 즐겁게 엠빠나다를 먹고, 짐 정리를 하다 호스텔 관리인이 와서 맡겼던 빨래비용과 숙박비용을 정산했다. 하지만 호스텔 관리인은 말도 안 되는 논리로 바가지를 씌워서 우리 모두 마당으로 나가 그게 말이 되느냐고 따지기 시작했다. 이를테면 이렇다. 나와 내 친구 빨래를 맡겼는데, 그 빨래들을 10kg 사이즈의 빨래통에 돌렸으니 10kg 가격을 받겠다는 것이다. 그 빨래들이 정말 10kg라면 우리는 여기까지 무거워서 걸어오지도 못했을 거다. 이런 말도 안 되는 주장들에 맞서 싸우며 날이 선 오후를 보냈다. 말도 안 되는 흥정을 마치고 돌아간 호스텔 관리인에 대한 분풀이로 뭐 할 게 없을까 했지만, 글쎄 샤워할 때 뜨거운 물이나 많이 써야지, 막 낭비해야지 라는 소심한 복수뿐! 뜨거운 물로 샤워를 마치고, 다시 버스에 몸을 실으러 터미널로 떠났다. 이번에도 꼬박 버스에서 잠을 자고 일어나야 산티아고에 도착하는 일정이다. 이제 슬슬 버스에 타는 게 두려워진다. '난 정말 잠이 안 온다고!'

그래도 잡스느님, 저에게 아이폰과 이어폰 그리고 아이패드를 내려주셔서 감사합니다. 무사히 잘 버텨보겠나이다. 잡스느님의 은총에도 불구하고 내가 간과한 것이 있으니 바로 아이패드에 동영상을 넣어오지 않은 것. 아이패드에 영화나 드라마를 넣어왔으면, 이 시간이 정말 빨리 갔을 텐데. 이런 점까지 철저하게 준비한 일행의 아이패드를 빌려서 '응답하라 1997'을 보며 새벽을 보냈다. '이번엔 진짜 내가 오래 놀아줄게'라고 말한 친구 L은 깨어 있으려 애쓰다 다시 잠의 세계로 빠져들었고, 난 일면식도 없는 서인국과 야간 버스를 타고 산티아고로 향했다.

산티아고에 도착해서 도미토리에 짐을 풀었다. 남미에 도착한 이후로 매일 도미토리에 짐을 풀었다 쌌다 하는 과정이 반복되니, 이제 능숙하게 짐을 풀 수 있게 되었다. 가장 손이 많이 가는 물건은 침대 위에 이것저것 늘어놓고, 그 외 물건들은 그냥 다 배낭에 넣어둔다. 잠을 잘 때는 물건들을 잘 피해서 잔다. 그래도 자면서 떨어뜨린 물건들을 다시 아침에 주워두면 된다. 가끔 2층 침대에서 물건이 떨어질 수 있으니, 1층에서는 자다가 너무 크게 놀라지 말 것. 지내다 보면, 2층 침대의 1층이 정말 편하다는 걸 몸으로 느낄 수 있다. 왔다갔다 하며 앉을 수도 있고, 짐 정리도 여유롭게 할 수 있다. 무엇보다 사다리를 탔다가 내려오는 무서운 시간을 경험하지 않아도 된다. 대부분 호스텔들의 2층 침대 사다리는 우리의 다리보다 가냘퍼 보여 불안감을 가중시켰다. 기사도를 발휘해 거의 매번 2층 침대를 자처해 이용해준 남자 일행들에게 감사하다. 특히 미남약사는 1층을 이용하는 걸 본 적이 없을 정도로 항상 가장 높은 곳에 있었다.

남미에 와서 가장 신경 쓰는 것은 역시 보안! 호스텔 안에서도 휴대전화를 분실하거나 여권을 분실하는 경우도 있으므로 무조건 안전한 게 최고다. 나갈 때는 배낭을 한군데로 몰아서 체인으로 감아서 침대에 묶어 자물쇠를 채우곤 했다. 배낭 안에 가져갈 거라고는 더러운 빨래밖에 없더라도 그렇게 했다. 누군가 탐낼 만한 물건들은 사물함에 넣어 자물쇠로 채우고, 시내에 나갈 때 들고 가는 보조 배낭도 자물쇠를 채워서 앞으로 매고 다닌다. 여행 준비할 때, 자물쇠를 넉넉하게 3~4개 정도 준비해가는 것이 좋다. 산티아고 호스텔에서 보조 배낭을 메고, 시내로 씩씩하게 나가려는데 호스텔 스텝 아줌마가 우리를 불러 세워서 가방을 앞으로 매라고 조언했다. "아이구, 난 아줌마라서 그런지 안심이 안 돼. 가방은 앞으로 매야 해. 여긴 소매치기가 많다고." 아, 또 하나. 그 어떤 상황에서도 가방을 몸에서 떨어뜨리지 말 것. 식당에서 밥 먹을 때, 한국처럼 옆 의자에 호젓하게 가방을 두고 밥을 먹다가 어떤 일이 일어날지 모른다. 호스텔에 남겨둔 가방들은 자물쇠로 다 채워뒀고, 자물쇠를 채운 배낭도 앞으로 맸고, 이제 시내로 나가볼까?

·

굶주린 일행들과 우선 아르마스 광장으로 나갔다. 남미는 어느 동네나 '아르마스 광장'이 있다. 시내 중심이라고 보면 된다. 아르마스 광장을 빠르게 지나쳐 가이드북에 나온 '맛집'을 찾아나섰다. 어렵지 않게 찾았는데, 식당 분위기는 이태원에 있을 법한 세련된 분위기. 웨이터도 친절하고, 음식도 맛있고, 다 좋았는데 일행들의 분위기는 험악해지고 있었다. 굶주린 젊은 남성들에게 이 음식점은 단지 '비싸고', '양이 적은' 음식점일 뿐. 나는 횡설수설 이 음식점의 장점에 대해 끊임없이 피력해보았지만, 다들 분노가 서린 눈으로 2차를 가야겠다고 했다. 이태원의 모든 브런치 식당들

산티아고 아르마스 광장

그날의 음식들. 예쁘고, 맛있고, '양이 적다'.

이 왜 여자들과 그 여자들에 의해 끌려온 남자들로 채워져 있는지 알겠다. 남자친구가 아닌 남자들의 자비 없는 평가로 우린 2차를 향해 밖으로 나갔다. 음식점 이름은 'Opera/Catedral'. 칠레 산티아고에 가게 되면, 예쁜 옷을 입고 가보세요. 단, 여자들끼리. 혹은 기꺼이 끌려갈 측은한 남성과!

밥을 먹고, 이것저것 사야 했던 것들을 사고 다시 숙소로 돌아왔다. 그날 우린 칠레 와인을 마시다 기분 좋게 잠들었다. 게스트 하우스 마당에서 고기를 굽고, 와인을 마시고, 한참을 웃었다. 밤마다 언제든지 이런 시간을 가질 수 있다는 게 얼마나 감사한지. 게다가 고기는 싸고, 와인은 더 싸다.

TRAVEL IN SOUTH AMERICA

낯선 동네에서 김치를 만나다, 산티아고 코리아타운

산티아고 둘째 날, 우리는 아침부터 각자의 길로 떠났다. 산티아고의 대표적인 투어는 '발파라이소 투어'와 '와이너리 투어'. 나는 H와 함께 '그냥 산티아고 셀프 투어'를 선택했다. 산티아고 도시를 그냥 한 바퀴 쭉 돌아보는 것을 목표로 하고 일행들과 뿔뿔이 흩어졌다. 산티아고에서 유명하다는 '산 크리스토발 언덕'에 올라가기로 하고, 지도를 따라서 그냥 걸었다. 숙소에서 아르마스 광장을 지나, 좁은 폭의 하천을 하나 건너고, 산 크리스토발 언덕 쪽으로 계속 걸어가니 가게들이 밀집해 있는 골목이 나왔다. 걷던 와중에 우연히 한국 슈퍼를 발견했다. '아, 여기가 바로 코리아 타운이구나!' 라면은 얼만지, 짜파게티는 얼만지 이것저것 가격을 살펴보다가 숙소에 돌아가는 길에 사기로 하고 사장님께 근처에 한국 식당이 있는지 여쭤봤다.

한국 음식! 떡복이가 먹고 싶었는데, 메뉴에 없었다.

어차피 먹을 점심, 오랜만에 한국 음식을 먹어야지! 그런데 우리가 너무 이른 아침에 길을 나선 탓에 아마 문을 연 한국 식당은 없을 테고, 분식집이 하나 있는데 거기 가보라며 위치를 알려주셨다. "네, 고맙습니다!" 인사를 하고 나오는 길에 한국 사람들이 하는 옷 가게, 식당 등이 쭉 보인다. 이 먼 곳까지 와서 삶을 꾸려가는 분들이 참 많구나. 발견한 분식집에서 김밥, 불고기 덮밥 그리고 정말 오랜만에 맛있는 김치를 먹으며 행복을 만끽했다. 사장님은 여행하느라 힘들겠다며, 이것저것 한국 소식도 물어보시고 산티아고에서 사는 것에 대해서도 이야기해주시며 모든 메뉴를 '특대' 사이즈로 주셨다. '감사히 잘 먹었습니다.'

산티아고를 생각하면 가장 먼저 떠오르는 색은 '잿빛'. 중심부에는 오래된 웅장한 건물들이 많지만, 모두 낡고 어두운 색으로 되어 있어 잿빛 도시 같은 느낌이 든다. 덥다가도 해가 떨어질 때쯤이면 갑자기 쌀쌀해지는 날씨 때문에 더욱 그런 느낌이 들었던 것 같다. 그런 산티아고에서도 이런 반짝이는 거리가 있다니! 한인타운을 벗어나 산 크리스토발 언덕으로 가는 길에 온갖 벽화들로 가득 채워진 동네인 벨라비스타Bellavista를 만날 수 있었다. 외곽으로 나가서 색색의 여러 벽화들을 볼 수 있어 유명한 '발파라이소 투어'를 산티아고 안에서 (무료로) 경험하는 시간이었다.

산 크리스토발 언덕은 케이블카를 타고 올라가서, 성모상 아래에서 산티아고 시내를 내려다볼 수 있다. 단, 케이블카가 움직인다면. 케이블카는 정비 중이라며 멈춰 있었다. 멈춰 있는 케이블카를 멍하게 바라보다가 '그래 걸어가야겠다'고 결심했다. 이미 숙소에서 케이블카 타는 곳까지 걷는 것으로 거의 모든 에너지를 소진한 상태였다. '다들 와이너리도 가고 발파라이소도 갔는데, 이 언덕 정도는 넘어가야 할 말이 있어! 꼭대기에서 사진을 찍어서 다 자랑할 거야.' 이런 각오로 비장하게 생수 두 통을 사서 걷기 시작했다.

WWW.CODS.CL

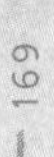

옥수수, 복숭아캔 국물 같은 것이
어우러진 모테 콘 후에실로

그 유명하다는 핫도그.
그 정도로 맛있냐고 묻는다면 글쎄….

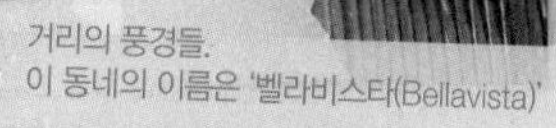
거리의 풍경들.
이 동네의 이름은 '벨라비스타(Bellavista)'

환전소에 붙어 있는 숫자지만 외계어

나의 가이드북에도 '걸어서 갔다 오면 된다'고 써 있었으니까. 눈앞에 보이는 끝없는 오르막길. 조금 오르다가 위에서 내려오는 이들에게 물었다. "어때? 꼭대기 멀어?" 그들은 빙그레 웃으며 대답했다. "조금만 가면 돼. 뭐, 한 시간 정도?" 으하하하. 이 땡볕에 오르막길을 한 시간이나 올라간다고? 역시 이런 영문 가이드북은 '서양 남자 체력' 기준이다.

나는 금세 의지를 꺾고 가던 길을 되돌아갔다. 여기까지 온 걸로 되었다. 이제 나는 라면을 사러 간다. 산티아고를 산 크리스토발 언덕 위에서 보든 언덕 아래서 보든 다 마찬가지 아니겠는가? 산은 산이요, 땅은 땅이로다. 다시 예쁜 골목 벨라비스타를 지나 코리아타운의 슈퍼에 가서 라면을 샀다. 그 이름도 친근한 '홈플러스'라는 한인 마켓에 들러서 양말도 사고, 눈썹 다듬는 칼도 사고, 그간 필요했던 물품들도 구입해 숙소로 돌아왔다. 와이너리를 다녀온 친구들과 함께 시내로 나가 산티아고에서 유명하다는 '모테 콘 후에실로Mote con huesillo'와 핫도그를 사먹었다. 일행들은 내가 어제 근사한 레스토랑에 데려갔을 때보다 더 흡족한 표정이었다.

오늘의 미션 중 하나는 바로 환전하기. 아르헨티나에서 쓸 아르헨티나 페소를 미리 환전해두기 위해 길을 나섰다. 아르헨티나 환율은 들쭉날쭉 엉망이어서, 아르헨티나에 가기 전에 칠레 페소를 길거리 환전소에서 아르헨티나 페소로 환전하는 게 훨씬 이득이라고 한다. 여기까지가 환율과 환전에 어두운 내가 이해한 전부다. 지도도 잘 보고 돈 계산도 잘하는 친구 L이 자세히 설명해주었다. 환전소 앞에서 머리를 굴려 가장 높게 쳐주는 곳에서 돈을 바꿔서, 이제 아르헨티나 페소를 가지게 되었다. 아르헨티나에 가기 전에는 항상 환전에 유의해야 한다. 내가 할 수 있는 조언은 환율과 환전에 대해 이해할 수 있는 친구를 가까이 두라는 것.

밤에는 또 아무거나 집어들어도 맛있는 칠레 와인을 마셔야지. 그리고 잠든다. 내일이면 이 햇빛이 들어도 서늘한 잿빛 도시를 떠난다.

안녕, 산티아고.

TRAVEL IN SOUTH AMERICA

추운 남미, 파타고니아의 시작

남미의 끝, 파타고니아로 향한다. 뜨겁고 화끈한 남미를 상상하는 이들에게 가장 큰 충격(?)을 주는 지역이다. 파타고니아는 뜨거운 태양보다는 차가운 얼음이 관광객들을 맞는 곳이다. 나도 남미 여행을 준비하기 전에 떠올린 건 정열의 태양, 삼바, 열대 과일들이었기에 배낭에 오리털 잠바를 구겨 넣으면서도 믿지 않았다. 도대체 왜 남미에서 이런 게 필요한 건데? 내가 생각했던 모든 것들은 멕시코나 콜럼비아에 가야지 일어나는 일들이고, 남미의 겨울(이미 겨울이 지났음에도)은 우리나라만큼이나 혹독하다. 우유니에서 덜덜 떠는 밤들을 보내며, 추위는 충분히 경험했다. 그래도 아직 파타고니아가 남았다.

비행기에서 바라본 풍경, 푼타 아레나스에 가는 길

푼타 아레나스 공항.
여기서 버스를 타고 '푸에르토 나탈레스'로 간다.

토레스 델 파이네의 관문 같은 곳 '푸에르토 나탈레스'. 장화처럼 길다란 칠레의 위쪽 산티아고에서 아래로 한참 내려와 땅 끝에 가까운 푼타 아레나스에 가기 위해 비행기를 탔다. 칠레의 저가 항공인 SKY 항공을 타고 간다. SKY 항공은 하늘색과 연두색이 어우러진 귀여운 로고 색과 똑같은 연두색 담요가 무척 귀엽다. 비행기 안은 파타고니아를 예고하듯 지나친 냉방으로 너무 추워서 담요를 둘둘 싸서 덮고 있었다. 비행기가 이륙하다가 다시 착륙했는데, 기내 방송이 스페인어로 나오더니 몇몇은 내리고 몇몇은 미동도 하지 않는다. '뭐지? 이 상황? 왜 안 내려?' 성격 급한 나는 움직이지 않는 사람들을 이해할 수 없었다. 스튜어디스는 어디 갔는지 보이지도 않았다. 옆에 앉은 외국 여행자에게 물었다.

"근데 왜 안 내리니? 여기 어딘데?"

"아, 어디 가는데? 푼타 아레나스는 다음에 내려."

"어머, 비행기가 중간에 서기도 해? 버스 같다."

"하하하. 맞아. 버스 같은 거야."

다행히 이런 설명을 듣고 안심하고 다시 귀여운 담요를 둘둘 말고 직각으로 누워서 푼타 아레나스에 닿기를 기다렸다.

푼타 아레나스는 정말 작고 귀여운 공항이다. 그곳에서 버스를 타고 푸에르토 나탈레스로 간다. 비행기를 타고, 버스를 타고 하루종일 이동만 하는 와중에 나는 점점 몸이 지쳐가고 있었다. 생리통 때문에 허리가 아파서 진통제를 먹고 대충 버티고 있다가, 푸에르토 나탈레스에 도착하자마자 침대에 드러누웠다. 푸에르토 나탈레스 도미토리의 2층 침대는 지금까지의 모든 2층 침대 중 가장 충격적인 구조를 가지고 있었다. 1층에 누우면, 2층 바닥에 코가 닿을 것처럼 높이가 낮았다. 거기서 빠져나오려면 누운 채로 몸을 돌려서 빠져나와야 한다. 허리를 세우다니, 그런 공간 따위 없었다. 좌우가 뚫린 관 같은 침대에 겨우 몸을 넣고 있었는데, 다정한 남자 일행들이 어디가 아프냐고 묻는다. 괜히 당황할까봐 그냥 몸이 안 좋다고 둘러대고 관에 몸을 숨겼다.

친구 L과 미식가 J는 외식을 하기로 하고, 나머지 일행들은 장을 봐서 요리를 한다고 했다. 나는 도착하기 전에 들떠서 가이드북에 별표를 해놓은, Frommer's와 Lonely Planet이 동시에 강력 추천한 (계속 비교해본 결과 동시 추천은 흔하지 않았다) 'Afrigonia'를 추천했다. 난 일행들과 숙소에서 닭도리탕을 먹고, 설거지를 하고 다시 드러누웠다. 우리는 내일 토레스 델 파이네에 들어가게 된다. 국립공원인 그곳은 슈퍼도 없고, 식료품을 살 곳도 없고, 음식을 살 수 있는 곳도 산장 한 곳뿐이라고 한다. 그마저도 비

싸기 때문에 푸에르토 나탈레스에서 음식을 사서 가방에 넣어서 가지고 가는 게 좋다는 것. 염치 없지만 아프다는 핑계로 친구 L에게 장도 봐달라고 부탁한 참이었다.

친구 L은 들뜬 얼굴로 돌아와서 'Afrigonia' 음식이 얼마나 환상적이었는지 나에게 백 번 정도 이야기했다. 미식가 J는 음식에 감동받아 팁까지 두둑이 주고 왔다고 한다. 그래도 나갔어야 했나? 이런 시골에 그런 훌륭한 음식점이 있을 건 또 뭐람. 친구 L은 한국에 돌아온 지금도 나에게 'Afrigonia'에 가고 싶다고 노래를 부르는 중인데, 정말 그만큼 맛있어서 인지 나랑 같이 가지 않은 레스토랑이어서 자랑을 하는 건지는 헷갈린다. 여러분이 갈 기회가 있다면, 검증해보시길.

TIPS FOR TRAVEL

Afrigonia 주소: Eberhard #323, Puerto Natales, Chile 전화번호: +56-61-412877

TORRES DEL PAINE

TRAVEL IN SOUTH AMERICA

토레스 델 파이네, 칠레의 하이라이트

다음 날 아침, 토레스 델 파이네Torres del Paine로 출발하는 버스를 탔다. 토레스 델 파이네는 이번 여행에서 가장 기대가 컸던 곳이다. 캐나다에서 만난 아줌마 아저씨가 토레스 델 파이네 트래킹에 대해서 이런저런 이야기를 해주시며, 가장 황홀했던 트래킹 코스라고 말씀해주셨기 때문이다. 도대체 어떤 곳일까? 우린 트래킹을 하는 건 아니고, 버스를 타고 올라갔다가 미니 트래킹 정도 할 수 있는 일정으로 가는 거지만 두근두근 기대가 됐다. 버스 안에서 바라보는 토레스 델 파이네는 아름다웠다. 버스 안에서는 정말. 버스를 내리자마자 엄청난 바람이 불어왔다. '아, 이런 게 정말 자연의 힘이구나'라고밖에 생각이 들지 않는 거대한 바람. 이 바람을 헤치고 우린 걷고, 웃고, 사진을 찍었다. 모자를 뒤집어 쓰고, 지퍼를 끝까지 올려 바람 한 점 들어올 틈이 없는 복장으로.

토레스 델 파이네를 안내해준 가이드는 이런 바람이야 뭐 선풍기 미풍 수준 아니야? 하는 느낌으로 거침없이 앞장섰다. 난 이러다 날아가는 건 아니겠지? 성급한 걱정을 하며 한 발 한 발 겨우 내디뎠다. 그렇게 걸어가면 '빙하'의 일부를 만날 수 있는 곳이 토레스 델 파이네다. 떠내려온 빙하 조각을 직접 눈으로 볼 수 있다는 흥분! 달려가서 빙하를 보고 싶지만, 바람이 거세서 겨우 빙하 근처에 닿아 조각을 만져보고, 사진을 찍을 수 있었다.

초점이 빗나갔지만, 내 손 안의 빙하

그렇게 빙하를 보며 바람을 원 없이 맞고, 가이드가 주섬주섬 꺼내 주는 점심을 먹었다. '절대, 절대!' 쓰레기를 이 공원에 버려서는 안 된다고 강조하며 점심시간을 가졌다. 아름다운 토레스 델 파이네를 바라보며, 그림 같은 벤치에 앉아서 도시락을 먹으니 '스위스'에 온 것 같다며 한껏 들떴다. 우린 새로운 장소에 도착할 때마다 "여긴 제주도 같은데", "여긴 스페인 같아"라며 가본 나라와 비교하곤 했는데, 토레스 델 파이네는 가보지도 않은 '스위스 알프스'를 닮았다. 스위스에 가면 아마 이곳이 생각나지 않을까.

스위스, 아니 토레스 델 파이네에서의 점심
이런 광경을 보며 먹는 호사스러운 점심식사

인생에서 몇 손가락 안에 꼽히는 풍경으로 호사스러워진 점심식사를 마치자마자 난 버스로 뛰어들어갔다. 아름다움은 아름다움, 강풍의 추위는 추위. 다음으로 토레스 델 파이네에 있는 '폭포'를 보러 간다. 폭포를 보러 가는 길, 숲의 나무들은 나뭇잎 한 장 없이 새까맣게 말라 죽어 있다. 이 아름다운 토레스 델 파이네에 이 죽음의 숲은 뭘까. 가이드는 이곳에 있었던 산불에 대해 설명해줬다. 2012년 1월에 이스라엘 관광객의 부주의로 시작된 산불은 토레스 델 파이네의 아름다운 경관을 죽은 숲으로 만들었다. 그 전에는 체코 관광객이 불을 내서 체코 정부에서 배상을 해줬다고 하는데, 이스라엘은 어떻게 해결했지 모르겠다.

이 숲을 지나 더 깊은 곳으로 들어가면 드디어 폭포가 나오는데, 바람에 휩쓸려 폭포에 떨어지지는 않을까 걱정될 정도로 바람이 세게 불었다. 가이드는 역시 유유히 걸으며 "오늘 바람은 중간 정도죠"라고 말해 우리를 경악시켰다.

바람 심한 토레스 델 파이네를 지나게 해준 건 팔할이 버스이건만, 바람에 몸을 계속 얻어맞는 통에 거의 트래킹한 것처럼 지쳐 있었다. 아, 전기 장판 깔고 눕고 싶다. 이런 나의 바람을 아는지 모르는지 앙상하게 타버린 검은 나무들 사이로 바람은 세차게도 불고 있었다. 실제로 이 센 바람에 한 어린이가 날아가 살토 그란데 폭포로 떨어졌다는 건 뻥!이지만, 뭐라도 날아갈 것 같은 바람이다.

살토 그란데(Salto Grande) 폭포

다 타버린 숲

이렇게 토레스 델 파이네 투어가 끝나고, 우리는 토레스 델 파이네 국립공원 안에 있는 '산장'에서 하루를 묵기로 했다. '산장'에서 잠을 자본 기억이 없는 나에게 산장은 '귀곡산장'만 생각날 뿐이었다. (이홍렬 님이 나오던 귀곡산장. 오백 년 전 이야기라 죄송합니다.) 귀곡산장이 아니더라도, 산장은 춥고 열악하고 겨우 찬물이 나오는 그런 곳 아닐까. 밑도 끝도 없는 이런 상상 속에 도착한 산장은 지금까지 경험한 모든 호스텔과 비교해도 순위권에 드는 정말 좋은 곳이었다. 칠레의 국립공원을, 유네스코 생태보호지역을 우습게 봐서는 안 되는 거였다.

특히 가장 마음에 드는 곳은 난로가 있는 공간. 창 밖으로는 아름다운 토레스 델 파이네가 보이고, 전기 장판처럼 뜨끈하게 난로가 끓고, 바닥은 마루바닥처럼 나무로 되어 있어 누워서 뒹굴뒹굴하기에 제격이다. 이런 완벽한 공간이라면, 몇 박 며칠도 질리지 않고 창 밖을 내다보며 혼자 놀 수 있을 것 같았다. 저녁에는 그 난로 앞에서 와인을 마셨고, 다음 날 아침에도 일어나자마자 난로 앞에 와서 빈백Bean Bag에 몸을 묻고 빈둥거렸다. 물론 모두가 난로 앞에서 빈둥대기를 택했던 것은 아니다. 친구 L을 포함한 몇 명은 밤늦게까지 와인을 마시고도 새벽같이 일어나 일일 트래킹을 떠났다. "아니, 저 넓은 창으로 산이 이렇게 멋지게 보이는데 왜 올라가는 거야? 산 속에 들어가면 산이 안 보이잖아?" 숙취로 힘들어하는 이들에게 이 정도 설득이면 성공하리라고 생각했는데, 그들은 내 말은 듣지도 않고 산으로 향했다.

동화 속 건물 같은 산장

창 밖으로 이런 풍경이!
도대체 왜 밖에 나가냔 말이다.

친구 L의 간식을 싸주고 난 다시 잠이 들었다가 일어나 난로 앞에서 빈둥대며 아침을 먹고, 점심을 먹고, 낮잠을 잤다. 창 밖에는 아름다운 산이 있고, 안에는 이 푹신한 빈백과 미리 준비해둔 간식이 있다. 지금 생각해도 나른해지는 아름다운 시간이었다. 문제는 아침을 먹고, 점심을 먹고, 낮잠까지 자는 동안에 일행들이 돌아오지 않는 거였다. 산을 잘 못 타는 친구 L이 걱정됐다. 결국 나도 몸을 일으켜 밖으로 나가 일행들이 언제 오나 기다렸다. 모두들 상기된 얼굴로 땀범벅이 되어 돌아오고 있었다. 나는 폴짝폴짝 뛰며 왔냐고 반갑게 맞이했지만, 그들은 그다지 기분이 좋아 보이지 않았다. "진짜 힘들게 올라갔는데 위에 아무것도 없었어!" 가는 길도 아름답지 않았는데, 막상 올라가도 아무것도 없었다며 일행들은 분개했다. "그러게 나랑 같이 빈백에 누워 산이나 보자니까. 유리가 없는 것처럼 산이 반짝반짝 잘 보이는데." 나는 본의 아니게 일행들을 약올리며 회심의 미소를 지었다. 다녀온 일행들이 샤워를 마치자마자 우리는 버스를 타고 아르헨티나로 향했다. 안녕, 나의 완벽한 산장.

칠레-아르헨티나 국경

TRAVEL IN SOUTH AMERICA

아르헨티나 칼라파테, 진짜 빙하를 만나다

아르헨티나로 가는 길, 우리의 임무는 칠레 돈을 다 써버리고, 남은 칠레 돈을 아르헨티나 돈으로 바꾸는 것. 칠레에서 들르는 마지막 기념품숍에서 우리는 터무니없는 가격의 음료수들을 사먹으며 칠레 돈을 탕진했다.

그리고 드디어 아르헨티나에 도착했다. 한밤중에 노을이 지는 걸 버스 안에서 바라보며 '칼라파테'에 닿기만을 기다렸다. 칼라파테에 도착해 짐을 내려놓자마자 우리는 '아사도Asado'를 맞이했다. '아사도'는 아르헨티나의 바비큐 요리다. 뭔가 대단한 것 같은 이름이지만, 쉽게 말하면 '고기 뷔페', '고기 잔치'의 느낌이다. 다양한 부위의 고기들을 꼬챙이 꽂아 굽고, 큼지막하게 잘라서 사람들에게 나눠준다. 배고팠던 우리는 고기와 맥주, 와인과 샐러드를 마음껏 먹었다. 고기 자체는 대단한 맛은 아니었지만, 고기를 날라주는 게스트 하우스 스텝들이 워낙 유쾌해서 즐겁게 식사를 마칠 수 있었다. 밤에 도착하자마자 고기를 먹고 씻고 그냥 잠자리에 들면 된다. 이런 단순한 저녁들이 반복된다(물론 아사도는 별도로 돈을 지불한다).

시시각각 변하는 노을. 칼라파테 가는 길

다음 날 우리는 게스트 하우스에서 눈을 뜨자마자 모레노 빙하로 출발했다. "빙하는 이미 토레스 델 파이네에서 봤는데? 물론 빙하의 조각이지만. 오늘 보게 되는 빙하는 얼마나 다르길래?" 했는데 가이드는 "글쎄, 부에노스 아이레스보다 더 큰 빙하랄까"라고 무심하게 얘기했다. 내가 지금 영어를 잘 못 알아들었겠지? 뭐라고?

"Bigger than Buenos Aires?"

"Yes!"

말도 안 돼. 그런 어마어마한 빙하를 이렇게 오리털 점퍼에 운동화 신고 걸어가서 볼 수 있단 말인가? 하지만 모레노 빙하가 아니라면 이 촌구석 칼라파테에 도대체 누가 오겠나. 모레노 빙하에 도착해서 빙하를 보자마자 입이 쩍 벌어졌다. 빙하가 그냥, 있었다. 엄청나게 큰 얼음이 그 자리에 있었다.

점점 다가오는 빙하, 빙하, 빙하!

앞에 서면 겁이 날 정도로
거대한 모레노 빙하

이 배를 타고 빙하에게 더 다가간다.

이 거대한 빙하는 지금도 여전히 어떤 부분은 자라나고, 무너져내리며 모양이 변해가고 있다고 한다. 가끔 이 빙하는 거대한 소리를 내며 일부가 무너져내리기도 하는데, 그런 엄청난 장면을 보는 행운은 아무에게나 오지 않는다고. 기념품숍에서 파는 엽서에는 그 엄청난 행운을 거머쥔 사람들이 찍은 사진이 담겨 있었다. 우리가 있었을 때는? 물론 매우 잠잠했다. 조금씩 무너져내리는 것은 볼 수 있었지만, 그 정도는 그냥 냉장고 얼음이 떨어지는 정도. 빙하는 움직이지 않아도 그 거대함에 압도되어 그냥 멍하니 바라보게 된다. '우와, 크다. 이런 게 파타고니아구나.' 내가 살고 있는 지구의 거대한 뒷모습을 보는 기분이 든다.

전망대에서 빙하를 실컷 보고 점심을 먹으러 유일한 카페테리아로 이동한다. 카페테리아에 가보고, 진작 알았더라면 도시락을 싸올걸 하는 생각이 들었다. 음식은 형편없는데다가 비싸기까지 하다. 그래도 굶을 순 없지. 여행 중에 쇼핑은 거의 안 하지만, 음식에 돈을 아끼지 않는 건 친구 L과 나의 여행 패턴이다.

먹고 싶은 대로 이것저것 집어서 카페테리아에서 점심을 먹었다. 여행 중에 쇼핑을 안 하는 건 여러 이유가 있는데, 원래 쇼핑을 그다지 좋아하지 않는 것도 있고, 배낭 여행이기 때문이기도 하다. 물건을 사면 배낭 안에 그 물건의 자리를 만들어야 하고, 그 무게를 고스란히 내가 짊어져야 한다. 옷을 하나 사도 구겨넣을 만한 자리가 쉽게 만들어지지 않는다. 그래서 고작 사게 되는 게 작은 마그네틱들, 엽서들 그리고 열쇠고리들뿐. 좋은 추억은 추억할 물건이 없어도 언제나 빛날 수 있다고 생각한다. 이렇게 가

이렇게 단단히 아이젠을 신발에 장착한다.

족들 선물 하나 안 사와서 항상 서운하게 만드는 내 여행 습관에 대한 변명을 해본다.

대충 점심을 먹고 이제 우린 배를 탄다. 배를 타고, 빙하에 다가가는 거다. 와, 정말 멋지지 않은가. 암스트롱은 달 표면을 밟고 감격했지만, 난 지구에서 빙하를 가까이서 보면서 엄청난 경이를 느꼈다. 바람이 휘몰아쳤지만, 우린 꿋꿋하게 배 갑판에서 사진을 찍으며 감탄사를 연발했다. 그렇게 빙하를 건너, 반대편에 닿아 우리는 암스트롱처럼 '빙하 표면'을 걷는 투어를 시작했다. 작은 천막에서 빙하를 걸을 수 있도록 철로 된 아이젠을 신발에 장착한다. 그리고 빙하를 걷는다. 직각으로 발을 꽂으며 걸을 것 그리고 팔자로 걸을 것. 빙하 위에서 걷는 방법을 배우고 투어가 시작되었다. 겁 많기로는 둘째가라면 서러운 나는 행여나 넘어질까봐 덜덜 떨며 가이드가 알려준 대로 온 다리에 힘을 주며 걸었다. 빙하 사이사이에는 계곡물처럼 빙하물(?)이 고여 있어서 더 아름다웠다. '아, 이런 걸 에머랄드빛이라고 하는 거구나.' 빙하 트래킹 중에는 가이드가 안내하는 길로만 가야지, 약한 지대를 피할 수 있다고 한다. 가이드가 가는 길이 아닌 곳을 밟았다가는 모레노 빙하가 여행의 종착점이자 인생의 종착점이 되어버릴 수 있다. 멋진 사진을 찍으려고 길을 조금 이탈하는 일행에게 가이드는 절대절대 개인행동은 안 된다고 주의를 주었다. 물론 겁에 질려 있는 나는 가이드 가는 발자국 하나하나에 집중하느라 빙하가 보이지 않을 지경이었다. '기념 사진? 아니야 괜찮아. 난 이 발자국 위에 있는 게 마음이 편한걸.'

가이드를 따라 빙하에 오른다.

나는 목석같이 서서 이런저런 장난을 치며 사진을 찍는 일행들을 다른 반 소풍에 따라온 아이처럼 물끄러미 바라보았다. 내 마음도 모르는 일행들은 포즈를 취하라며, 사진을 찍어준다고 했지만 은은한 미소를 지으며 거절했다. "난 괜찮아. 어서 살아서 이 빙하를 내려가고 싶어." 물론, 여러분은 이런 비장한 마음으로 모레노 빙하에 갈 이유는 없다. 내가 남들보다 겁이 많은 것뿐이니까.

모레노 빙하 트래킹의 마지막 코스는 빙하 얼음으로 위스키 온더록을 마시는 것. 위스키를 좋아하지는 않지만, 지금이 아니면 언제 빙하 얼음에 위스키를 담아 마시겠나. 오만상을 쓰면서도 위스키 온더록을 마셨다. 위스키를 원하지 않는 사람들에게는 그냥 생수를 준다. 그 자리에서 바로 빙하를 부셔서 마시는 위스키 온더록과 몽쉘통통 같은 과자를 맛있게

빙하물(?) 에메랄드빛이란 바로 이런 것

위스키 온 더 빙하를
준비하는 가이드들

위하여!

먹고 쓰레기를 한군데에 모아서 빙하에서 내려왔다. 위스키는 사람 수에 비해 넉넉히 준비되어 있기 때문에, '빙하 위에서 한 번 취해보겠다'는 사람들은 정말 마음껏 마실 수 있다. 음주 빙하 트래킹은 몇 배는 더 위험할 수 있다는 사실만 주지할 것.

빙하 트래킹을 마치고 칼라파테 숙소로 돌아와서 일행들과 '엘 찰텐'에 가는 것에 대해 논의했다. 가장 아름다운 일출을 볼 수 있다는 '엘 찰텐' 피츠로이 트래킹을 가고 싶어 하는 일행과 그렇지 않은 일행, 두 가지 입장으로 나뉘었다. 나로 말할 것 같으면 '그렇지 않은 일행'의 선봉장으로서 트래킹을 가려는 일행들을 열심히 설득했다. "가서 텐트를 치고 잔다고? 지금 건물 안에서 자도 춥게 생겼는데 그게 무슨 말이야. 오늘 빙하 트래킹도 다녀왔는데 피곤하지도 않아? 거기까지 운전해서 왔다갔다 하느니 그냥 여기서 같이 쉬는 게 어때? 텐트용품을 다 메고 산에 올라가겠다고? 그냥 올라가도 힘들 것 같은데?" 나의 치열한 영업에도 불구하고 가고 싶은 일행들의 뜻은 굳건했다. 주말이라 캠핑용품 렌트숍이나 자동차 렌트숍이 문을 닫아서, 다음 날 오전에 더 알아보고 결정하기로 하고 빙하의 날은 지나갔다.

TRAVEL IN SOUTH AMERICA

폭스바겐은 엘 찰텐으로, 나는 칼라파테에

일행들이 엘 찰텐에 타고 간
폭스바겐

다음 날 아침이 밝고, 나의 영업은 다시 시작되었지만 감기에 걸린 M까지 강경하게 엘 찰텐에 가겠다고 나섰다. 나와 대장을 포함, 총 네 명만 숙소에 남고 나머지 일행들은 모두 차를 타고 엘 찰텐으로 향했다. 그 아름답다는 피츠로이의 해돋이를 보겠다는 큰 꿈을 안고. 방해 공작을 펼쳤던 나는 칼라파테에서 무얼 했냐고? 사실 아무것도 안 했다. 아무것도 안 하기 위해 떠나지 않았으니까. 아이패드로 웹툰도 보다가, 책도 읽다가. 동네에 슬슬 나가서 햇빛 쬐면서 산책하고, 기념품 가게에는 뭐 파나 이것저것 뒤져보고, 동네 슈퍼만 세 번은 간 것 같다. 칼라파테는 정말 작고, 볼

칼라파테의 동네 슈퍼. 그냥 슈퍼다.

동네 슈퍼에서 만난 예쁜 꼬마 아가씨

거 없는 시골 동네다. 몇 바퀴 돌고 나니까 우리 동네처럼 친근해지는 사이즈. 파타고니아답게 바람이 휘몰아치지만 햇빛은 따스한 곳.

동네에서 유일한 슈퍼에서 저녁 장을 봐서 슬슬 숙소로 올라가는데 인형처럼 생긴 외국인 여행객도 한 가득 장을 봐서 올라가고 있다. 동네 주민처럼 말을 걸었다. "어디서 묵어? 뭐 샀어? 어디서 왔니? 빙하를 너도 처음 봤니?" 스위스에서 왔다고 수줍게 말하는 인형같이 예쁜 여행객과 이런저런 이야기를 하다가 숙소 앞에서 헤어졌다. 그리고 저녁에는 대장이 요리한 '닭볶음탕'과 와인을 뜨겁게 끓여서 함께 먹었다. 그런데 와인을 끓인 걸 넘기려고 할 때마다 내가 코와 입으로 와인을 내뿜어서 더러워서 마실 수가 없었다. 이유는 모르겠지만, 뜨거운 알코올이 올라올 때마다 목으로 넘길 수가 없었다. 나는 찬 와인을, 일행들은 데운 와인을 마시며 저녁 시간을 보냈다. 엘 찰텐의 일행들은 이 밤을 잘 보내고 있을까? 와이파이가 안 되는 산에 있으니 생사를 확인할 길은 없고. 동네 누렁이들이 지나다니는 밤길 산책을 하고 잠에 들었다.

다음 날 렌터카 반납 시간은 정해져 있는데, 일행들이 돌아오지 않았다. 폭스바겐 박물관에나 있을 것 같은 차를 빌리더니, 그게 중간에 멈춘 건 아닐까?

남아 있던 일행들과 온갖 걱정을 하며 목을 빼고 기다렸다. 일행들의 안위도 안위지만 렌터카 반납 시간을 놓쳐서 괜히 돈을 더 내게 될까봐 걱정이 되었다. 친구 L을 포함한 일행들이 돌아왔는데, 그들의 얼굴에는 기쁨과 환희는 온데간데 없고, 다크서클만이 그들의 밤을 상상하게 해주었다. 다크서클로 말하자면, 나는 여행 내내 '너구리'로 불릴 정도로 어마어마한 다크서클을 지니고 있었는데, 그들에게 간밤에 무슨 일이 있었던 것일까. 결론만 간단하게 말하자면, 엘 찰텐은 최고의 일출은커녕 비가 내리고 있었고, 텐트 안은 엄청나게 추웠으며, 배낭까지 메고 피츠로이에 오르는 것은 엄청나게 힘든 일이었다고 한다. 혹시 엄청나게 아름다운 광경을 자랑해서 배가 아파지면 어떡하지 걱정했던 나에게 감미롭게 들리는 고생담

칼라파테에서 먹은 맛있는 크레페들

이었다. "어머, 그랬어? 고생했네. 그러게 여기 같이 있자니깐." 나는 온화하게 염화미소를 띠며 친구를 다독였다.

산 위에서 고생한 만큼, 그만큼의 추억을 안고 온 일행들과 동네 누렁이와 추억을 쌓은 나는 사이좋게 스테이크를 구워 먹었다. 우리는 고기가 풀보다(!) 싼 '아르헨티나'에 있으니까. 아르헨티나 소고기는 아르헨티나 물가가 낮아서 싼 게 아니라, 다른 식재료에 비해서 월등히 싸다. 도대체 이 소들은 다 어디에 살고, 어떻게 오길래 이렇게 싼 걸까 궁금한 것은 잠시. 구워 먹기에 바쁘다. 더군다나 스테이크를 기가 막히게 구워내는 남자 일행들은 쉴새없이 스테이크를 구워주었다. 저녁을 먹고 피곤한 일행들은 불도 다 끄고 도미토리에 누워 잠을 청했고, 나는 지나치게 충분한 휴식으로 매우 쌩쌩한 상태였지만 함께 도미토리에 있었다. 그런데 옆방에서 제이슨 므라즈가 되고 싶은 청년 하나가 늦은 밤에 기타를 치며 노래를 부르고 있었다. 잘하면 자장가로 들으련만, 어떤 음악은 쉽게 공해가 된다. 짜증내는 일행들을 대신해 내가 용감하게 그 방에 들어가 더듬거리며 영어로 "좀 조용히 할래?"라고 하자마자 기타 연주가 다행히 멈췄다. 잠을 자는 둥 마는 둥 피곤한 일행들과 새벽에 다시 배낭을 메고 길을 나섰다. 칼라파테 안녕. 엘 찰텐 대신에 여기에 있었던 건 게으르고 행복한 시간이었어. 이제 '레알' 파타고니아, 우수아이아로 간다.

숙소 창문에서 바라본 우수아이아

TRAVEL IN SOUTH AMERICA

우수아이아, Fin del mundo, 세상의 끝으로

USHUAIA

세상의 끝, fin del mundo, 우수아이아

새벽에 일어나 버스터미널로 향하는 길

새벽에 일어나 다시 배낭을 맨다. 깜깜한 밤길을 걸어 버스 터미널로 간다. 또 다시 버스를 타고 잠을 청해본다. 이렇게 버스에서 자고, 먹고, 싸는(!) 날들이 계속 되다 보면 어느새 몸도 적응을 하나 보다. 절대 움직이는 버스에서는 책을 못 읽는 나도 이제 여유롭게 활자를 읽을 수 있게 되었다. 그 조용한 버스에서 모두가 잠들거나 뒤척일 때, 아이패드로 전자책을 읽곤 했다. 어려운 책도, 유익한 책도 넣어갔지만 결국 읽게 되는 건 소설이다. 김연수의 〈파도가 바다의 일이라면〉, 박범신의 〈은교〉가 아니었더라면 나의 버스 불면증은 더 괴로웠으리라. 누구나 한 번쯤은 갇혀 있는 버스에서 소설이나 시를 읽어 보면 좋겠다. 그러면 그 어떤 둔한 사람도 문장 한 줄 한 줄의 아름다움에 눈 뜰 수 있을 테니까.

우수아이아에 도착하자 다시 밤이었다. 우리는 이제 세상의 끝, FIN del MUNDO, 우수아이아에 있다. 밤에 출발해 밤에 도착한 우리는 저녁식사부터 하기로 했다. 꽤 멋져 보이는 레스토랑에서 저녁을 챙겨 먹고, 숙소로 돌아왔다. 다른 일행들은 직접 요리를 해먹은 모양이었다. 숙소는 지금까지 묵은 곳들 중에서 가장 '아름다운' 숙소였다. 가장 위층인 3층에 있는 공동 공간에 가면 통유리로 우수아이아 전체가 내려다보인다. 색색의 아름다운 지붕들 그리고 멀리 보이는 바다. 빙하까지 보고 왔지만, 바다는 항상 볼 때마다 설렌다. 우수아이아를 제대로 감상할 수 있는 날은 단 하루. 우수아이아는 세상의 끝이자, 남극에 가장 가까운 곳으로 남극 여행을 하고 싶은 사람들이 모여드는 곳이기도 하다. 하지만 세상의 끝이라는건 하늘에서나 봐야 알 수 있는 일. 우수아이아에 와서 가장 감탄한 것은 게스트 하우스에 '드라이기'(!)가 있다는 사실이었다. 남자 반, 여자 반 균형 있는 성비의 일행 중 드라이기를 가진 자는 단 한 명의 남자뿐이었기에 우리는 항상 드라이기에 목말라 있었다. 내 머리는 쓸데없이 어찌나 긴지. 건조한 남미가 아니었다면, 정말 귀찮을 뻔했다. 드라이기까지 있는 숙소에서 또 맥주와 와인이 있는 밤을 보내며 하루가 지났다.

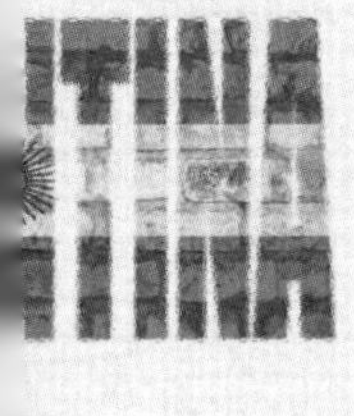

다음 날 아침, 역시 눈이 일찍 떠졌다. 회사 다닐 때는 눈이 일찍 떠지기라도 하면, '이렇게 시간을 낭비할 수 없어!' 하는 다급한 마음으로 다시 눈을 꼭 감고 알람이 울릴 때까지 자곤 했다.

우수아이아의 맥주, 비글

여행 중에 눈이 일찍 떠지면, 망설이지 않고 일어난다. 일찍 일어나면 공동 욕실도 혼자 이용할 수 있고, 아침식사도 제일 먼저 (많이) 할 수 있다. 번번이 아침을 거르고 회사에 가곤 했었는데, 백수가 되고 나서 눈만 뜨면 밥을 먹을 수 있는 신체로 바뀌었기에 아침에 일어나기만 하면 바로 밥을 먹었다. 그리고 와카치나에서처럼 뜻밖의 아름다운 광경을 구경할 수 있기도 하니까. 어제 체크해뒀던 3층의 소파에 앉아서 창 밖의 아름다운 우수아이아를 바라보며 고요함을 느끼고 싶었지만, 내 귀에는 대장의 코고는 소리만 들렸다. 3층 소파에서 잠든 대장은 불규칙적이고 우렁찬 코골이를 자랑하며 아침의 배경음악을 제공해주었다. '도대체 아침에 일찍 일어나서 뭐하냐'고 묻는 일행들도 하나둘씩 일어나고, 이제 밖으로 나간다.

오늘의 미션은 세상의 끝, 우수아이아에 왔다는 도장을 여권에 찍기! 그리고 이곳에서 지인들에게 엽서 부치기. 우수아이아는 깨끗하고 군더더기 없는 동네에 관광도시임을 알 수 있는 기념품 가게들이 줄줄이 위치해 있다. 몇 군데에 들어가 엽서 가격도 비교하고, 가장 보낼 만하면서, 싼 엽서를 여러 장 샀다. 전 회사 사람들에게 보낼 엽서, 가족들에게 보낼 엽서 그리고 항상 해외에서 기꺼이 엽서를 보내주곤 했던 사랑하는 친구들에게 보낼 엽서. 이것저것 골라서 이제 도장을 찍는 곳으로 간다. 여행을 하다 보면 여권에 찍히는 도장에 이유 없는 자부심을 가지게 된다. "이것 봐, 이렇게 많은 도장이 찍혔어. 이 도장은 어디 거야? 예쁜데."

우리는 종종 여권들을 펼치고 자신들이 다녀온 곳에 대해 얘기하

엽서를 열심히 쓴다.

곤 한다. 가보지 못한 나라에 대한 부러움과 나만 가본 나라에 대한 자부심을 교차시키며. 그런 우리가 우수아이아에 왔으니 도장을 다 찍어가야지. 우수아이아는 그런 여행자들의 마음을 다 안다는 듯이 다양한 종류의 도장을 준비해놓고 있었다. 잉크를 듬뿍 묻혀서 단 한 번의 실수도 없이 여권에 찍는다. 이런 애들 놀이 같은 일들을 여행 내내 하게 되니, 사람들은 여행을 사랑하게 될 수밖에 없나 보다.

우수아이아의 바다는 아름답다. 사실 바다는 바다라서 그냥 그 자체가 아름답기도 한데, 알록달록 깨끗한 마을 풍경과 어우러져 '세상의 끝'이라는 비장한 닉네임과 달리 모든 예쁜 것들의 시작처럼 아름다웠다. 그 바다가 내려다보이는 훌륭한 레스토랑에서 밥을 먹고, 엽서를 쓰기 시작했다. "안녕, 나는 지금 세상의 끝, 우수아이아에 있어"로 시작되는 엽서를.

엽서를 잔뜩 들고 그리고 친구 L의 엽서들도 들고 우체국으로 향했다. 친구 L은 숙소 뒤에 보이는 뒷산을 올라갔다 온다 했고, 트래킹에 별 취미가 없는 나는 우체국에 갔다가 장을 봐오기로 했다. 아, 낭만적이야. 이 아름다운 동네에서, 엽서를 써서 우체국에 부치러 간다. 이 역시 여행이 아니라면 해보지 못할 경험이다. 마지막으로 엽서를 부치러 한국 우체국에 간 게 언제인지 기억도 나지 않는다. 나의 낭만은 우체국에 도착해 현실적인 벽에 부딪혔는데 우표 가격이 엽서 가격보다 훨씬 비쌌다. 천 원짜리 엽서를 몇 만 원을 들여서 부칠 생각은 아니었는데, '그냥 한국에 돌아가서 줄까? 이걸 굳이 부쳐서 받게 해야 할까?' 세상의 끝이 뭐 별건가. 이게 다 관광객들 끌어들이려는 수작일 뿐이야. 온갖 복잡한 심경으로 결국 덜덜 떨며 우표를 사서 엽서를 부쳤다. 친구들아, 그 한 장의 엽서에 내가 사온 기념품보다 많은 돈이 투자되었단다.

엽서를 사고, 장을 보러 갔다. 슈퍼마켓은 이마트 같은 체인인지 칼라파테에서와 이름도 구성도 똑같았다. 말이 잘 통하지 않는 나라에서는 가격표가 다 붙어 있는 규격화된 슈퍼마켓이 편하긴 하지만, 왠지 시골 장터를 구경해보고 싶은 욕심을 버릴 수가 없다. 우수아이아는 우표값이 비

싼 만큼 선진화된 도시여서 그런 장터는 찾을 수가 없었다. 여긴 바다니까 해산물이 좀 싸지 않을까? 싶었지만 역시 해산물은 보이지 않았고, 냉동 새우보다도 싼 고기를 또 사들고 숙소로 향했다. 오늘은 미남약사가 블루베리 치즈 스테이크를 선보이는 날이다. 역시 남자들의 요리 경쟁은 그날도 뜨거웠다. 나를 포함한 여자들은 굿이나 보고 떡이나 먹고 세팅과 뒷정리를 도왔다. 계획을 변경할 수 있다면, 우수아이아에 일주일쯤 더 머물고 싶었다. 우수아이아는 정말 딱히 할 일이 없는 동네다. 예쁜 거 말고는, '세계의 끝'이라는 거창한 타이틀 말고는 정말 아무것도 없는데, 그게 그렇게 매력적일 수가 없다. 우리는 세계의 끝에서 무료한 아름다움을 만났고, 난 그게 좋았다. 또 와인과 맥주를 마시다가 잠드는 우수아이에서의 밤. 다음 날 우리는 나의 로망, 부에노스 아이레스로 떠난다.

EL METODO
EL METODO

TRAVEL IN SOUTH AMERICA

사랑에 빠질 준비는 되어 있어, 부에노스 아이레스

거리에서 흔하게 만날 수 있는 길거리 밴드들

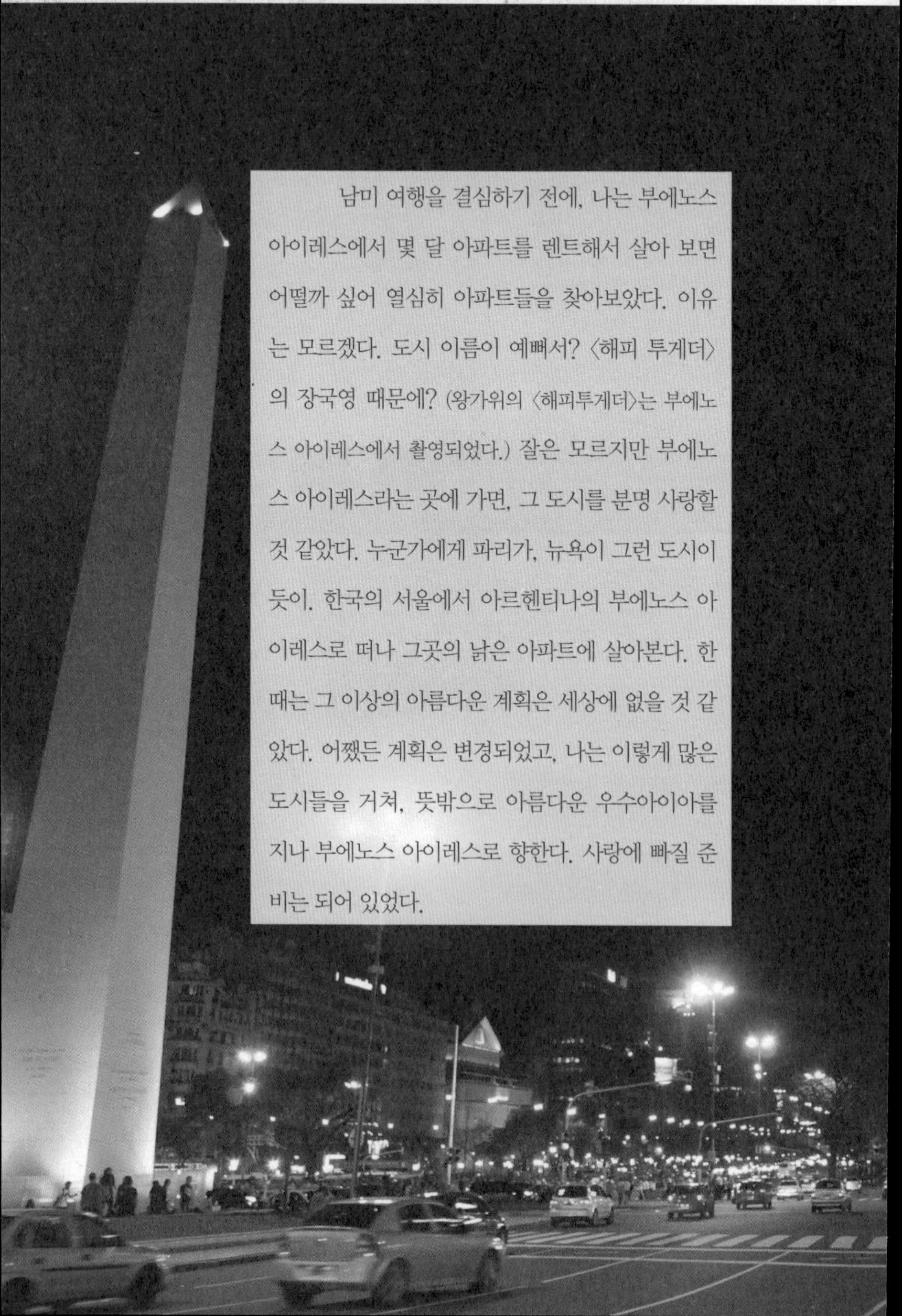

남미 여행을 결심하기 전에, 나는 부에노스 아이레스에서 몇 달 아파트를 렌트해서 살아 보면 어떨까 싶어 열심히 아파트들을 찾아보았다. 이유는 모르겠다. 도시 이름이 예뻐서? 〈해피 투게더〉의 장국영 때문에? (왕가위의 〈해피투게더〉는 부에노스 아이레스에서 촬영되었다.) 잘은 모르지만 부에노스 아이레스라는 곳에 가면, 그 도시를 분명 사랑할 것 같았다. 누군가에게 파리가, 뉴욕이 그런 도시이듯이. 한국의 서울에서 아르헨티나의 부에노스 아이레스로 떠나 그곳의 낡은 아파트에 살아본다. 한때는 그 이상의 아름다운 계획은 세상에 없을 것 같았다. 어쨌든 계획은 변경되었고, 나는 이렇게 많은 도시들을 거쳐, 뜻밖으로 아름다운 우수아이아를 지나 부에노스 아이레스로 향한다. 사랑에 빠질 준비는 되어 있었다.

9 de Julio Avenue, 부에노스 아이레스

다음 날 우수아이아의 아침은 눈보라로 시작했다. 워낙 바람이 거센 곳이었는데, 눈보라까지 몰아치기 시작하니 나갈 엄두가 안 났다. 실내에서 뒹굴거리며 공항에 갈 시간을 기다렸다. 게스트 하우스 스텝들이 또 오라는 인사를 건넸다. 세상의 끝을 두 번이나 올 수 있을까? 우선은 "또 만나. 아디오스!"

부에노스 아이레스에 도착하니 어느새 밤이었다. 나에겐 뉴욕, 파리보다 더 아름다운 도시의 첫인상은 그렇게 아름답지 않았다. 숙소가 위치한 어둑한 뒷골목은 스산했다. 오랜만에 도착한 큰 도시여서 그랬는지, 좀 긴장이 되었다. 숙소에서 저녁식사를 하고, 어슬렁거리며 큰 길로 나갔다. 부에노스 아이레스는 길이 이렇게 큰가? 숙소에서 나가자마자 광화문보다 더 큰 대로에서 우왕좌왕하고 있었다. 알고 보니 그 길은 세계에서 가장 넓은 '9 de Julio Avenue'였다. 그 중앙에 있는 오벨리스크에는 몇몇 사람들이 앉아서 부에노스 아이레스의 밤을 보내고 있었다. 아기자기하고 아름다울 줄 알았던 도시였는데, 엄청난 크기의 도로와 펩시, 맥도날드 등 온갖 글로벌 컴퍼니의 큰 광고판으로 어지러웠다. 바다밖에 없었던 우수아이아에서 정말 먼 곳으로 왔구나. 첫날 밤은 그렇게 지나가고, 4인 도미토리에서 습하고 더운 밤을 보냈다.

다음 날은 'Hard-Traveler(이런 용어는 아마 없겠지? 빡센 여행자란 뜻의 나의 신조어)'이자 미식가인 J의 플랜에 따라 길을 나섰다. J는 '이왕 왔으니

부에노스 아이레스의 젤라또

다 보고 가야지'라는 신조를 가진 여행 스타일을 가진 친구로 단 한 시간도 허비하는 걸 싫어한다. 볼 게 없으면 동네 뒷산이라도 올라가서 야경이라도 보고 오는 성실한 여행가 스타일. 그런 친구가 준비한 코스라니. 큰 믿음을 가지고 길을 함께 나섰다. 우리가 처음으로 방문한 곳은 부에노스 아이레스의 청담동 같은 거리였다. 이곳의 유명한 맛집에서 점심을 먹고, 에비타의 묘지로 유명한 레꼴레타 묘지를 갔다가, 또 어디를 갔다가 하는 경로가 J의 플랜이었다. 우선 맛집에서 고기를 먹었는데, 맛집에 이르기까지 우리의 여정이 모두 '도보'로 진행될 줄은 몰랐다. "택시는? 버스는?" 이건 거의 시청에서 남산까지 걸어가는 기분이었다. 이런 것이 빡센 여행의 묘미인가?

나와 친구 L은 인내심을 가지고 맛집까지 걸어갔다. 청담동 브런치 카페 같은 가게들이 즐비한 거리에서 점심을 먹고 명품거리(?)로 불리는 거리로 가니 예쁜 옷가게들과 아이스크림 가게들이 반기고 있었다. 나와 친구 L은 정신을 빼앗겨 3보 전진, 2보 후퇴를 반복하며 가게들을 기웃거렸다. J를 포함해 '전진'밖에 모르는 남자들은 우리를 재촉하며 '레꼴레타'

부에노스 아이레스의 카페거리, 그리고 사람들

에 가는 길로 이끌기 위해 애썼다. 결국 우리는 이 빡센 플랜에서 벗어나기로 선언하고, 나와 친구 L, 여자 둘은 일행에서 이탈했다. 이 예쁜 가게들 앞에서 전진밖에 모르는 이들과 헤어지고, 우리는 마음 놓고 실컷 가게들을 구경했다. 색색깔로 화려하게 꾸며진 가게들. 모던하게 블랙앤화이트로만 꾸며진 가게들. 그곳들에서 커피도 마시고, 구두도 신어보고, 옷도 대보며 도시의 화려함을 만끽했다. 내 눈에 예쁜 옷은 남의 눈에도 예쁘고, 엄청 비싸다라는 진리를 체감하며 우리는 선뜻 옷 하나를 살 수 없었다. 그러다 비키니 가게에 들어갔다. '비키니 정도는 살 수 있지 않겠어? 브라질에 가서 입을 수 있겠지?' 부푼 마음으로 비키니 가게에 들어갔는데, 우리가 생각하는 비키니와 남미의 비키니는 많이 달랐다.

우리나라 잡지에서 화보로나 본 것 같은 노출이 심한 비키니들이 화려하게 줄을 서 있었고, 그 비키니를 입어보는 남미 언니들이 가게 안을 누비고 있었다. 우리 같으면 탈의실에서 수줍게 "누구야!" 불러서 괜찮은지 물어봤을 텐데, 언니들은 속옷보다 야한 비키니를 입고 통유리로 되어 있는 가게에서 캣워크를 했다. 몸매는 어찌나 볼륨감이 넘치는지, 우리는 마지막 남은 자신감마저 반납한 채 가게를 나섰다. '우리를 위한 가게는 없어.' 풀 죽은 우리의 눈에 들어온 건 젤라또 가게! 사람들이 줄을 서다 못해 거의 고함을 지르며 주문을 하고 있었다. 아마도 매우 유명할 것으로 추정되는 젤라또 가게에서 아이스크림을 먹고 저녁노을이 지기 시작할 때쯤 지하철을 타고 숙소로 향했다.

방향 감각 및 길 찾기에 있어서는 친구 L을 100% 신뢰하는 나는 우리가 숙소에 무사히 도착하리라는 데 아무 의심을 하지 않았다. 해가 지기 전에 숙소에 도착해서 저녁을 먹어야지라는 생각에 들떠 있었다. 그런데 지하철을 타서 L이 "우리 숙소 정류장 이름이 뭐야?"라고 물었다. 내가 도움이 될 때도 있네? 난 어깨를 으쓱하며 "무슨 '마요'Mayo야"라고 자신 있게 말했다. 그리고 우린 마요 어쩌구 역에서 내렸는데, 도대체 알 수 없는 길들이 이어져 있었고 우리가 갔어야 하는 역은 마요 저쩌구 역이어서 한참을 걸었다는 즐거운 추억이면 좋겠지만, 어두컴컴한 밤에 인적도 없는 부에노스 아이레스 뒷골목을 여자 둘이서 헤매는 일은 전혀 즐겁지 않았다. 남자들이 말 한마디만 걸어도 흠칫 놀랐고, 길을 물어보면서도 의심과 두려움의 눈빛을 내려놓지 못했다. 한참을 헤매고 나서 숙소에 도착하자, 그동안 우리를 걱정했던 '빡센 여행의 무리들'이 "길 잃었었어?"라며 우리를 위로하는 듯 놀린다. 한국의 외국인들은 무슨 수로 신촌역과 신천역을 구분하는 걸까. 참고로 마요 어쩌구 역과 마요 저쩌구 역은 'Avenida de Mayo'역과 'Plaza de Mayo'역이었다.

길 잃었던 어린 양들에게 일행들은 따뜻한 저녁을 제공해주었다. 친구 L은 여기에 그치지 않고, '곱창볶음'을 만들어주겠다며 의욕 있게 나섰다. 서울에서도 곱창을 안 먹어본 비위가 약한 배낭 여행자인 나는 시식을 사양했는데, 곱창을 즐겨먹는다고 공언했던 이들도 사양하기는 마찬가지였다. 생곱창은 웬만한 불에서는 바싹 익지도 않았고, 냄새도 너무 심했다. 친구 L은 근성을 발휘해 곱창을 오븐에 굽는 등 갖가지 노력을 기울여 일행들에게 억지로(?) 제공했고, 결국 '곱창은 곱창집에서'라는 교훈을 얻었다. 소고기 스테이크가 이렇게 싼 나라에서 굳이 창자를 먹고자 한 도전 정신만은 빛났다. 곱창과 고기를 안주 삼아 와인도 마시고, 맥주도 마시고, 밤에서 새벽으로 넘어갈 즈음, 드디어 올 것이 왔다. 화끈하기로 유명하다는 부에노스 아이레스의 게이클럽으로 향하기로 한 것이다. 친구 L을 비롯해 몇 명은 단 한 벌 있는 '멋내기용' 옷을 배낭에서 찾아내 걸치고 클럽으로 향했다. 나는 당연히 잤다. 하루 종일 걷고, 밤에는 춤추러 가는 체력은 나의 몫이 아님을 알기에.

해가 질 무렵의 9 de Julio Avenue

오븐에 들어가는 곱창님

TRAVEL IN SOUTH AMERICA

예쁜 잡동사니들의 천국, 산 뗄모

다음 날 아침, 도미토리에서 눈을 떴을 때까지도 클럽에 갔던 여자들은 돌아오지 않았다. 늦은 아침에 돌아와 죽은 듯이 자는 클럽 순례자들을 뒤로 하고, 일찍 일어난 멀쩡한(?) 우리는 길을 나섰다. 오늘의 가이드는 바로 나! 나는 그간 영어 가이드북에 의존하여 건장하고 먹성 좋은 남자 일행들에게는 실망만 안겨주는 맛집만을 찾아갔었다. 하지만 오늘은 다를 것이다. 오늘은 숙소에 꽂혀 있던 한국 가이드북을 정독했다. 그 중에서도 남자 일행들이 좋아하는 중식당으로 점심을 안내하기로 하고, 지도에 꼼꼼히 표시해 길을 나섰다.

'이제 길찾는 게 별로 어렵지 않은데?' 자신만만하게 지도에 표시된 지점에 도착했는데, 이상하다. 그 음식점이 없다. 요리 보고, 조리 봐도 이 동네가 맞는데. 10분 넘게 한 자리에서 기웃거려 봤지만, 귀신이 곡할 노릇. 정말 그 음식점이 사라졌다. 가이드북의 사진을 뚫어지게 쳐다보자, 우리가 찾는 그 음식점 말고는 주변 경관이 사진과 똑같다. 나를 못 기다리고 폐업해버린 맛집……. 난 결국 '맛집의 실패자'로 다시 한 번 낙인 찍히고 말았다.

아쉬운 대로 아무데나 들어간 중국 뷔페에서 점심을 먹었다. 여기도 맛이 훌륭하지는 않지만, 고기를 무한대로 구워준다! 그 외에도 엄청난 가짓수의 음식이 있었다. 이리저리 헤맨 만큼 지칠 대로 지친 우리는 허겁지겁 음식을 위에 쓸어담았다. 남미 뷔페 음식점에서 느낀 가장 귀여운 점은 이 사람들은 '스시'가 도대체 무엇인지 모른다는 점이다. '대충 이런 거 맞지?'라는 느낌으로 주로 롤 형태로 안에 무언가를 넣어서 진열해둔다.

길거리 음악가

그래도 쌀을 보니 반가워서 짝퉁 스시도 여러 개 먹었다. 뷔페 가격에 뒤지지 않을 만큼 먹고, 길을 나섰다.

오늘은 '라 보카' 지역과 '산 텔모 시장'에 가기로 했다. '라 보카'는 부에노스 아이레스 여행 사진에 빠지지 않고 등장하는 형형색색으로 아름답게 벽이 칠해진 동네다. 아름다운 만큼 '위험한 지역'으로도 유명해서 여러 사람에게 '절대 조심해야 한다'는 충고를 들었다. 강도에게 가방을 통째로 빼앗겼다는 등의 무시무시한 이야기들을 들으며 라 보카 지역의 'Safe Zone'을 지도에 표시했다.

"절대 그곳을 벗어나선 안 돼! 무서운 동네야!"

엄청난 경계심을 안고 도착한 라 보카는 그런 기운을 느낄 수 없게 밝고, 명랑했다. 남미 그 어느 동네에서도 만나보지 못한 '한국어 하는 삐끼'까지 만났다. 라 보카는 '탱고의 고향'이라고도 불린다. 노천 카페는 탱고 공연을 보며 식사를 하거나 음료수를 마시는 관광객들로 북적거렸다. 다닥다닥 붙어 있는 비슷비슷한 노천 카페들은 손님을 데려오느라 한국어까지 구사하는 삐끼(?)들을 고용하고 있었다. 오랜만에 이 먼 곳에서 한국어를 하는 외국인을 만나니 어쩔 수 없이 웃음이 나왔다. 하하 호호 깔깔 같이 웃다가 "그러니까 말이야, 메뉴 좀 볼래?"라는 권유에 이성을 되찾고 노천 카페 골목을 서둘러 빠져나왔다.

노천 카페들을 지나면 작은 엽서나 그림들을 파는 노점상들이 나온다. 그 노점상들까지가 바로 라 보카의 Safe Zone! 색색의 벽들 앞에서

라보카의 풍경들

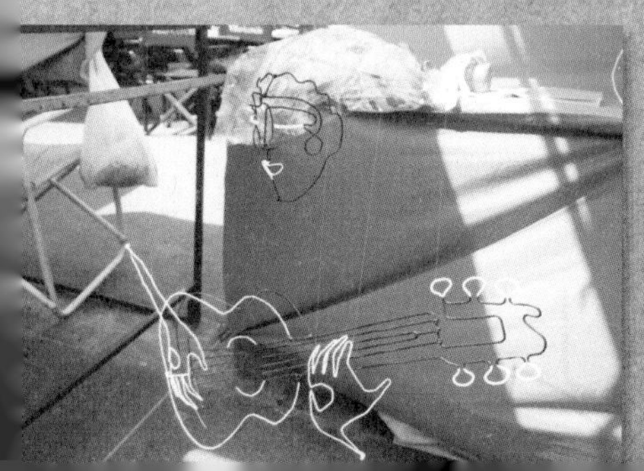

사진을 찍던 M이 안전지대를 벗어나서 사진을 찍으려고 하는 찰나, 나는 잽싸게 학생 주임으로 분해 M을 막아섰다. "절대 안 돼! 여기 밖은 안 돼! 너 위험하다고!" M은 누나가 아무데도 못 가게 한다며 투덜투덜 대며 발걸음을 돌렸다. 나의 엄격한 가이드라인에 통제된 일행들은 노점상과 노천카페 그리고 기념품숍만 오가는 신세가 되었다.

라 보카 구석에서는 흥미로운 돈벌이(?)의 현장이 또 하나 있다. 그건 바로 예쁜 탱고복을 입은 섹시한 여자 댄서들이 돈을 내는 남자들과 사진을 찍어주는 것. 그럴싸한 사진을 위해 남자들에게는 턱시도 재킷도 빌려준다. 탱고는 남녀가 밀착해서 추는 춤이다. 여자 댄서들이 남자들 몸에 다리를 걸치거나 끌어안으면, 남자들은 얼굴이 빨개져서 행복이 만연한 얼굴로 사진을 찍는다. 얼굴이 빨개지는 대머리 아저씨들을 지켜보는 게 재미있어서 난 계속 그 자리에 서 있었다. 사진 찍기 구경도 다 끝나고, 이제 버스를 타고 '산 뗄모' 벼룩시장으로 향한다.

버스를 타고 눈치로 '산 뗄모'라고 하는 곳에서 내렸는데 시장은커녕 사람도 별로 없는 거리다. 정말 제대로 내린 걸까? 어마어마하게 큰 규모라고 했는데 이렇게 보이지도 않을 수가 있나? 두리번두리번 골목골목을 들어가다 보니, 저 멀리서 사람들이 보이는 것도 같다. 그 방향으로 점점 더 안으로 들어가자 '어마어마'하다는 벼룩시장이 뭔지 뚜렷이 보였다. 끝이 보이지 않는 대로 양옆에 상인들이 자리를 잡고 있었고, 우리는 위로 올라가면서 봐야 할지 아래로 내려가면서 봐야 할지 가늠조차 되지 않았다. 오르막보다는 내리막! 아래로 내려가면서 시장을 보기로 하고 걸어내려갔다.

상인들과 전 세계 각지에서 온 구경꾼들의 에너지가 시장 곳곳에서 넘쳐났다. 직접 하나하나 수집한 것 같은 희귀한 동전들, 어떻게 연주하는지 신기하기 만한 악기들, 온갖 익살스러운 문구가 새겨져 있는 티셔츠, 손으로 직접 만든 장신구들과 구두들. 눈을 못 떼게 하는 그 물건들 앞에 난 계속 걸음을 멈추고 파는 사람과 혹은 물건과 대화를 나눴다. 하지만 나의 일행들은 걸음을 멈추는 나를 소 끌 듯이 밀거나 끌고 그저 앞으로만 전진했다. 그들은 쇼핑이 이 세상에서 가장 피곤하다는 얼굴로 오직 전진만을 외치고 있었다. 나도 쇼퍼 홀릭은 아니지만, 이 진귀한 구경거리 앞에서 어떻게 앞만 보고 갈 수 있겠나. 앞만 보고 가는 세 남자가 내 일행이기에 난 구경을 하다가도 종종걸음으로 일행을 뒤쫓아갔다.

'아, 어제 클럽에 다녀온 내 친구들은 지금쯤 일어났을까.' 궁금해도 연락할 방법이 없으니 그저 이 시장에 혼을 뺏기는 수밖에. 난 결국 손으로 직접 만들었다는 머리핀을 샀다. 머리핀을 판 상인은 고맙다며, 내 이름을 알고 싶다고 했다. "정!" 그녀만의 방식으로 내 이름을 발음하는 걸 들으며 싱긋 웃었다. 그녀도 자기 이름을 말해주며 웃었지만, 따라 할 수조차 없었다. 스페인어 수업을 들을 때, 스페인어 이름도 지었다. 난 '에바Eva'. 책에 나온 강인하고 스타일리시한 여자의 이름을 땄다. 하지만 역시 스페인어를 쓰는 나라에서 내 이름을 물을 때 'Eva'라고 대답하는 건 너무 쑥스러운 일이었다. 스페인어를 거의 한마디도 못하는데 이름부터 먼저 지어버

URUBU
BIENVENIDOS
A LA FERIA
COLABORE
GRACIAS

산 뗄모 시장 풍경들

LUZ Y FUERZA
COFRE

유일한 쇼핑품목. 비녀처럼 생긴 머리핀

린 내가 대견하다가도 부끄러웠다.

머리핀을 사서 산 뗄모 시장을 빠져나왔다. 어느새 내 손에 들려 있던 머리핀을 보더니, M이 쇼핑을 마친 자에게 가장 해서는 안 될 말, "어? 누나 그거 얼마 주고 샀어? 아까 라보카에서는……"으로 시작되는 말을 하고 말았다. 난 라보카에서 버스 타고 산 뗄모까지 와서 더 비싸게 머리핀을 샀다는 걸 깨달았다. 별 수 있겠나. 이름까지 부르며 구매에 감격했던 상인 언니를 생각하며 머리핀을 꽂고 숙소로 돌아갔다. 숙소로 돌아가는 길에 카페에 앉아 맥주 한 잔 하고 가고 싶었지만, 그럼 그냥 놓고 간다는 일행들의 말에 두려움에 떨며 숙소로 따라 들어갔다.

사람들과 함께 있으니 길을 잃지는 않지만, 맥주를 마실 수는 없구나. 숙소에 들어가니, 도미토리 2층에 실신해 있던 친구 L이 보이지 않았다. '어디 간 거지?' 오늘은 탱고 공연을 보기로 한 날이었다. 식당에서 저녁을 먹으면서, 탱고 공연을 보기 위해 부에노스 아이레스에 도착한 첫날 예매를 해두었다. 친구 L도 숙소에서 만난 동생과 산 뗄모 시장에 다녀왔다며 그곳에서 산 물건을 이것저것 펼쳤다.

공연을 본 레스토랑, Homer Manzi.

TIPS FOR TRAVEL

탱고 공연을 본 식당 이름은 'Homer Manzi'.
홈페이지(http://www.esquinahomeromanzi.com.ar)와 페이스북 페이지가 있으니 참고하시길.
탱고 공연은 항상 미리 예약해두는 것이 좋다.

지하철을 타고 탱고를 보러 가서 남미에서 본 최고의 미녀들이 나오는 탱고 쇼를 보고, 스테이크를 먹고, 와인까지 한 잔 마시고 택시를 타고 숙소에 돌아왔다. 매일이 와인과 탱고 음악의 날들이었다. 가장 호사스러운 때였다.

다음 날 눈을 뜨니, 비가 후두둑후두둑 떨어지고 있었다. 유리로 된 숙소 천장에 빗물이 떨어지는 걸 멍하니 바라봤다. 눅눅한 호스텔에 있으니, 호텔의 약간 까끌까끌한 흰 시트가 그리웠다. 계속 호스텔에서만 묵으면서도 큰 불편이 없었는데, 비 오는 눅눅한 날씨에는 호텔 침대에 누워서 빗소리를 들으며 책이나 읽고 싶었다. 부에노스 아이레스까지 와서 이미 호스텔에 돈을 다 낸 마당에, 호텔방을 빌려서 하루 종일 누워 있겠다는 아이디어에 찬성할 일행은 한 명도 없을 것 같아서 혼자서 호텔 예약 사이트를 살피다가 닫았다. 혼자 누워 있기에는 가격이 좀 부담스러웠다. 아침을 먹고, 강변에 가보자는 M의 말에 길을 나섰다. 이건 그냥 어디에서나 적용될 수 있는 팁인데, 비 오는 날에 샌들을 신고 너무 많이 걷지 않는 것이 좋다.

오전 내내 샌들을 신고 털레털레 걸어가며 흙탕물을 모두 내 다리에 뿌렸다. 그냥 누워 있고 싶다는 간절한 소망 하나를 접고, 흙탕물을 온 다리에 묻히며 걷자니 짜증이 밀려왔다. '그래도 비 오는 강변이 멋질 수도 있잖아?' 하고 걸어간 강변은 동네 안양천보다 못했다. 온 길을 되짚어 점심을 먹으러 들어가서도 이미 짜증난 마음은 가라앉지 않았다. 설상가상으로 숙소로 가는 길을 못 찾아 헤매기까지 하자 내 체력과 기분은 바닥에 한

안양천이세요?

없이 수렴했다. 이런 기분과 체력으로 밤에 보기로 한 카페 토르토니의 탱고 쇼는 무리일 것 같아 카페까지 또 걸어가는 집념을 발휘하여 환불을 해왔다. '저녁에는 그저 푹 쉴 거야. 맛있는 거나 먹고 푹 쉬어야지.'

M은 지친 나를 위해 '궁극의 돼지고기 김치찌개'를 해주겠다고 했다. 굳이 말하자면 본인이 먹고 싶은 것 같았지만, 이런 말에 넘어가서 난 슈퍼마켓에 함께 다녀왔다. 밤이 되자 비는 양동이로 쏟아붓는 것처럼 내렸고, 우리는 우비를 뒤집어쓰고 맥주와 돼지고기를 사왔다.

'궁극의 돼지고기 김치찌개'는 여행으로 지친 내 기분을 확 바꿔주었다. 여행 내내 M을 포함한 여러 셰프들 덕분에 음식 향수병 같은 건 걸릴 새도 없었다. 오히려 엄마가 없는 틈을 타 떡볶이를 사먹는 어린애처럼 셰프들이 없을 때 이것저것 현지 음식을 먹어 보곤 했다. 엄마는 후일담을 듣고 너도 뭐라도 할 줄 알았어야 했는데 얻어먹기만 했냐고 본인이 더 미안해하셨지만, 셰프들은 쉽사리 주방을 내주지 않는 분들이어서 그런 미안함은 오히려 없었다. 다시 한 번 그들의 장인 정신에 감사를!

부에노스 아이레스에서 가장 유명한 카페 토르토니

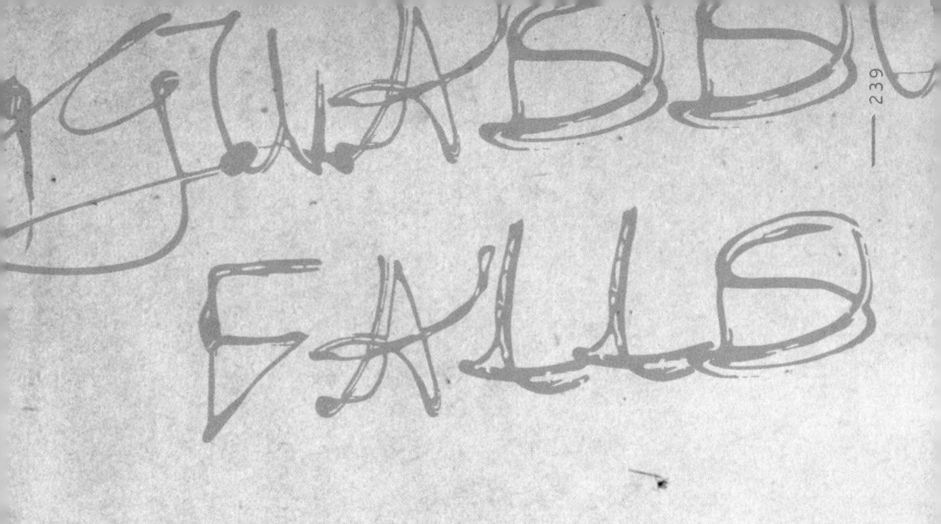

TRAVEL IN SOUTH AMERICA

이과수, 안녕, 난 물의 나라에 왔어

다음 날은 부에노스 아이레스에서의 마지막 날이다. 버스를 타고 이과수로 향하는 날. 아침을 먹고 스타벅스에서 커피를 마시며 어슬렁거리다가 친구 L의 생일선물을 사기 위해 거리로 나섰다. 부에노스 아이레스의 쇼핑 거리에는 명동처럼 예쁘게 꾸민 옷 가게들이 들어서 있다. 문제는 명동에서나 부에노스 아이레스에서나 내가 쇼핑에 큰 소질이 없다는 것. 이것저것 들춰봐도 다 비슷해 보이고, 특히 L이 좋아할 만한 디자인이 뭔지도 모르겠다. 고심 끝에 줄무늬 카디건을 하나 골랐다. 훗날 일행들은 "할

보트를 타고 저 폭포 밑을 지난다.

머니 카디건 같다"는 혹평을 내렸다. 카페 토르토니에서 커피 마시는 L을 만나서 시치미를 떼고 함께 버스를 타러 갔다.

오늘 밤도 버스에서 밤을 새야 한다. 친구 L의 생일은 버스 안에서 맞이하게 될 거였다. 우리는 어차피 잠도 안 오는데 12시에 일어나 축하해 준다고 약속해놓고, 버스 안에서 12시인자 1시인지도 모르고 잠들어 있었다. L은 다음 날 일어나 사실 12시에 일어나서 기대하고 있었는데 아무도 일어나지 않아서 그냥 다시 잤다며 툴툴댔다. 으하하. 미안해!

티티카카 호수에서도 그랬지만, 버스에서 자고 잠을 일어나서 몸을 움직이는 것 자체가 나에게는 무리였다. 티티카카 호수면 또 모르겠는데, 여기는 이과수 폭포가 아닌가. 피곤하다고 그냥 차에 드러누워 있을 수 없는 곳이다. 더군다나 이과수 폭포 아래를 보트를 타고 지나가는 투어까지 신청해놨는데. 도대체 내가 언제 또 이과수 폭포에 오겠어 하는 마음으로 눈을 부릅뜨고 정신을 집중했다. 우선 아침부터 먹고. 나와 친구 L은 아침을 먹느라 다른 일행들보다 조금 뒤처졌다. 모두들 아무것도 먹지 않고도 일정을 시작할 수 있다니. 남미 여행을 갈 때는 돈보다도 체력을 준비해 가야 한다. 체력보다는 돈을 준비해왔다고 할 수 있는 나는 바가지임이 분명한 이과수 공원 내에서 파는 샌드위치를 사먹고 거대한 폭포 안으로 들어갔다.

입이 떡 벌어지는 광경에 일행들은 뛰어다니며 사진을 찍었지만, 난 그저 입을 벌리고 공원 안으로 전진할 뿐이었다. 보트를 타고, 이과수

무섭다. 악마의 목구멍!

폭포 밑을 지나갈 시간. 우리는 활짝 웃으며 사진 찍을 준비까지 다 했지만, 이과수 폭포를 지날 때는 눈을 뜰 수조차 없다는 걸 폭포 근처에 가자마자 알 수 있었다.

결국 구명조끼를 입고 보트가 출발하기 전에 찍은 사진이 유일하게 남았다. 구명조끼를 입는 대부분의 경우는 '굳이 안 입어도 되지만 규정상 입어야 되는 거추장스러운 조끼'에 가깝지만, 이과수 폭포에서의 구명조끼는 '입어도 크게 소용없이 죽을 것 같지만 그래도 이거라도 입어야 생존 가능성이 높아지는 생명연장장치'에 가깝다. 실제로 '이과수 폭포 사망'으로 구글링을 해보면 2011년도에 미국인 관광객 2명이 이런 보트를 타다가 전복되어 사망했다고 한다. 인간의 호기심은 저 멀리서 엄청난 폭포를 보는 것만으로는 만족하지 못하고 굳이 조끼를 입고 보트를 타고 폭포 밑을 지나가게 만든다. 그 호기심이 나를 이끌어 남미행 비행기에 태우고, 이 보트를 태웠다.

보트를 타고 이과수 폭포에서 나온 우리는 물에 빠진 생쥐 꼴이었다. 가져온 수건으로 대충 닦고 옷을 입긴 했는데, 옷도 다 축축하게 젖어버렸다. 물먹은 스펀지꼴로 다시 공원을 거슬러 올라 대망의 '악마의 목구멍Garganta del Diablo'을 가까이서 볼 수 있는 곳으로 올라갔다. 물안개야 원래 있겠지만, 날이 흐려서 빗방울이 한두 방울씩 떨어졌다. 이미 젖은 몸, 포기하고 비가 오면 비를 맞았다. 챙겨온 우산은 숙소에 있는 배낭에 곱게 넣어두고 왔으니. 트레인을 타고 올라가 긴 다리를 건너면 악마의 목구멍을 볼 수 있는 전망대가 나타난다. 다리를 건너기 전에 들른 화장실에서 익숙한 모습의 단체 여행객들을 만났다. 중년의 한국 단체 관광객들이었다. "아니, 어머님 아버님 어떻게 여기까지 오셨어요"라고 묻기 전에 어머님들이 다가와 "한국 아가씨들인 거 같은데 여기까지 어떻게 왔냐"고 묻는다. 이것저것 처음부터 설명해드리기는 너무 길어서 "배낭 여행 중이에요"라고 말하니 "젊어서 좋네", "아가씨들이 겁도 없네" 등등 여러 의견을 앞다투어 말씀하셨다. 그리고 남편들을 붙잡고 이 아가씨들은 배낭 여행 다닌대라는 친절하게 소개까지. "네, 제가 바로 이과수까지 산 넘고 물 건너서 온 한국의 용감한 젊은 여성입니다. 사실 지금 너무 축축해서 악마의 목구멍까지 가다가 주저앉을 거 같아요"라고는 말하지 못하고 아줌마 아저씨들과 다정히 다리를 건넜다. 전망대에 가니 이미 도착한 일행들이 사진을 찍는 중이었다. 비 내리는 날씨에 엄청난 물보라까지. 앞이 보이지 않는 물보라 앞에서 대충 눈을 뜨고 사진을 찍었다. 아, 이런 걸 보고 '대자연'이라고 하는구나. 모두가 눈도 제대로 못 뜬 채 입은 크게 벌리고 이과수를 맞이했다. 그리고 다시 길을 되짚어 입구로 돌아갔다. 이과수에서 정말 흠뻑 물을 머금고, 스펀지가 된 기분으로 숙소로 돌아왔다.

이때쯤부터였을까? 남미의 날씨가 점점 우리에게 등을 돌리고 있었다. 왜? 남미는 햇빛이 쨍쨍하고, 모두가 건강한 구릿빛 피부를 뽐내며 뛰어다니는 곳이 아니었어? 어째서 비가 오는 거지? 우울한 검정 우산을 쓰고 다니는 남미 사람은 생각조차 해본 적 없는데. 이과수에서 내려오자

날씨가 조금 갰고, 날씨에게 당했던 배반의 상처를 잊고자 고기를 굽기 시작했다. 아르헨티나에서 먹는 마지막 고기라는 의미를 부여하며. 고기를 굽고, 우리는 친구 L의 생일파티 겸해 맥주와 와인을 마시기 시작했다. 하루 종일 물먹은 스펀지처럼 있다가 결국 난 일찍 잠들었다. 하지만 대장과 P가 자는 나에게 다가와 말도 안 되는 소리로 밖으로 나오라고 하다가, 내가 무시하고 침대에서 꼼짝하지 않자, 날 번쩍 들어 숙소 마당에 있는 수영장에 빠뜨렸다.

그 수영장으로 말할 것 같으면 약 반 년 정도 비가 오면 비가 오는 대로, 벌레가 빠지면 빠지는 대로, 나뭇잎이 떨어지면 떨어지는 대로 방치된 것 같았던 수영장이었다. 누군가 빠뜨린 슬리퍼나 부러진 머리핀 같은 게 있을지도 모르는 그런 수영장. 그 물에 빠지고 나니 복수 같은 건 생각나지도 않고, 어서 이 더러움을 씻어야 한다는 생각뿐이었다. 좁아터진(!) 샤워장에 달려가 얼른 씻고 다시 잤다. 머리는 말릴 여유도 없었다. 알고

보니 술에 취한 일행들이 서로를 집어 던지기 시작했고, 한 명을 제외하고 모두 그 물(!)에 입수했다. 애초에 숙소에 욕조 몇 개 합친 사이즈의 수영장이 있는 것부터 문제였다.

아침에 일어나니 머리가 깨질 것 같이 아팠다. 어제 마신 술 때문인가. '거의 매일 마셨는데, 하필 왜 오늘…….' 숙취약을 먹고 한참을 누워 있어도 머리가 계속 아팠다. 일행들은 이과수 브라질 사이드를 간다고 숙소를 나섰다. 날씨가 좋으면 헬리콥터를 타고 이과수를 본다고 했다. '날씨가 좋을 리가?'라고 생각했지만 뭐 세상은 꿈꾸는 자들의 것. 헛된 희망이 없고 열까지 나는 난 숙소에 남았다. 숙취약이 아니라, 감기약을 먹어야 했다는 걸 슈퍼에 걸어갈 기운조차 없음을 알게 되고 깨달았다. 미남약사는 브라질 사이드로 갔고, 수중에 약은커녕 돈도 없었다. 이제 브라질로 넘어가기 때문에 아르헨티나 페소로 바꾸지 않고 돈을 아껴 쓰고 있는 상황이었다. 일행들이 떠나고, 나와 함께 남은 H는 얼마 안 되는 돈으로 점심을 먹어야 했다. 도대체 이 돈으로 뭘 먹을 수 있지? 이런 엄청난 의문을 가지고 감기로 골골 대는 몸을 이끌고 슈퍼로 향했다. "바나나 먹어도 돼?" H의 눈치를 보며 장을 봐서 숙소로 돌아왔다. 스파게티를 대충 만들어 먹고, 차를 타고 국경을 넘어갔다. 서울에서 톨게이트 빠져나가듯이 차를 타고 국경을 지나간다. 이제 이렇게 국경을 건너는 일이 당연하게 느껴진다.

BRAZIL

TRAVEL IN SOUTH AMERICA

브라질
태양은 우릴 피하고

브라질은 처음 와봤지?
리우 골목의 고양이

드디어 브라질에 왔다. 쌈바! 열정! 말로만 듣던 정열의 도시! 내가 감기에 걸려 골골 대고 있다는 게 안타까웠다. 다시 한 번 그 수영장 물의 성분을 의심하며, 날 수영장에 던진 대장과 일행들이 미웠다. 우리는 비행기를 타고 '리우 데 자네이루'에 간다! 브라질 사이드 이과수를 보고 온 일행들의 감상은 어땠냐 하면, 날씨가 흐려서 제대로 볼 수도 없었고 기대했던 헬리콥터는 발도 올려놓지 못했다고 한다. 왜 이럴 때 타인의 실망이 나의 작은 기쁨이 되는 걸까. "우하하! 헬리콥터도 못 타고 뭐하고 온 거야!" 놀려대며 즐겁게 (아마 나만) 비행기를 탔다.

리우 데 자네이루 하면 리우 데 자네이루를 배경으로 한 영화 〈시티 오브 갓〉이 생각난다. 그러니까 그냥 어느 날 아침 형이 총에 맞아 죽을 수도 있는 곳. 또 그러니까 나도 길을 가다가 총에 맞을 수 있는 곳. 이런 무시무시한 상상에 그 어떤 도시보다 긴장되었다. 이파네마 해변, 코파카바나 해변도 좋지만, 우선 살아남아야 그 좋은 곳들에 갈 수 있을 텐데. 더군다나 대장은 버스를 타고 오느라 하루 늦게 도착할 예정이고, 우리의 스페인어 천재들도 입 하나 뻥긋할 수 없는 포르투갈어의 도시. 택시를 불러 돈을 내고 숙소에 가는 것까지도 포르투갈어에 능통한 미국 여행자의 도움을 받아 가능했다. 우여곡절 끝에 어둠이 내리는 초저녁 무렵 숙소에 도착했다. 친절한 남자 스텝이 우리가 묵을 도미토리 룸을 보여줬다. 그걸 본 순간, 우리 모두 몸이 굳었다. 그간 어지간하게 많은 도미토리들에서 자봤지만 이런 '수납식' 도미토리 룸은 처음이었다. "아, 방이 있고 3층 침대가 여러 개 있으니 우선 꽉 채워볼까?"

"어머, 중간 통로에 공간이 비잖아? 그럼 안 쓰는 2층 침대도 여기에 두자."

"사람? 사람은 어떻게든 들어가서 자면 되지."

이런 단순한 아이디어로 가득 채운 방이었다. 시트 위에는 벌레가 기어다녔고, 이상한 냄새까지 났다. 우리는 '이런 데서 잘 수는 없다'고 선언했다. 하지만 이 방 이외에는 다른 선택이 없었기 때문에 대책회의가 열렸다. 우선 여기서 하루 자보자는 의견, 당장 호텔로 옮기겠다는 의견, 다른 숙소를 알아보겠다는 의견 등등 도미토리에 경악한 우리의 회의는 길어졌다. 나와 친구 L을 포함한 몇 명은 근처의 다른 도미토리로 옮기기로 했다. 그곳도 남녀 혼성의 큰 도미토리였지만, 최악의 도미토리를 보고 온 우리에게는 안락한 더블룸 같았다. 호스텔 분위기 자체가 활기 차고, 시설도 깨끗해서 병원 침대처럼 흰 2층 침대가 대여섯 개 놓여 있는 방에 들어가도 기분이 한결 나았다. 그 방에서 나와 친구 L은 유일한 여자였다. 그러거나 말거나 피곤한 나는 곧 잠에 빠져들었고, 그다음 날 눈을 뜨자 '진짜 감기'를 만났다.

아침에 일어나자마자 열이 펄펄 끓었다. 평소에 감기는 잘 안 걸린다고 공언했었는데, 몇 년 동안 경험하지 못했던 감기를 여기서 종합선물세트로 만났다. 제일 먼저 눈을 뜬 탓에 이러지도 저러지도 못하고 끙끙 앓고 있는데, 두 번째로 눈을 뜬 H가 와서 찬물로 물수건도 얹어주고 보살펴

줬다. 그렇게 리우에서의 아름다워야 할 첫날 아침이 병간호로 시작되고 있었다. 도미토리 안에 있는 화장실에 가는 길에 우리 말고도 이른 아침을 시작한 한 남자가 보였다. 그는 한 침대에 누워서 자는 남자 앞에 앉아 하염없이 자는 남자(아마 남자친구?)를 바라보고 있었다. 어두침침한 병원 같은 도미토리 안에서 자는 남자가 사라질까봐 걱정된다는 듯이 눈도 깜짝거리지 않고, 다정히 바라보고 있었다. 아직도 그 축축하고 습기 찬 도미토리에서 휭하고 돌아가던 선풍기, 물수건을 이마에 올려주던 순간, 그 남자의 눈빛이 생각난다.

호스텔에서 아침을 푸짐하게 먹고, 리우 데 자네이루 투어에 나서기로 했다. 사실 그대로 쉬고 싶은 마음이 더 컸지만, 위험한 리우를 가장 안전하게 여행할 수 있는 방법은 단체로 가이드와 함께 차를 타고 다니는 거였고, 오늘이 아니면 못 갈지도 모른다는 거였다. 결국 천근만근인 몸을 이끌고 투어 차에 탔다. 평소에 '너구리'라고 불리며 명성을 떨치던 나의 다크서클은 점점 진해져서 이제 턱까지 내려온 수준이 되었다. 하지만 지금이 아니라면 또 언제 브라질에, 리우에 올 수 있겠나.

TIPS FOR TRAVEL

호스텔 이름은 CabanaCopa(Travessa Guimarães Natal, 12, Copacabana, Rio de Janeiro, Brazil). 혼자 와도 쉽게 친구를 만날 수 있을 것 같은 활기차고 깨끗한 호스텔이다. 누구나 좋아할 만하다.

우리는 리우의 예수상을 보기 위해 차에 올랐다. 리우의 예수상은 빈민촌으로 유명한, 날 두려움에 떨게 했던 영화 〈시티 오브 갓〉의 배경이 된 꼬르꼬바두 언덕의 꼭대기에 있다. 꼬르꼬바두 언덕은 우리처럼 여행사 밴을 타고 가거나, 택시를 타고 가거나, 트램을 타고 가는 등의 방법이 있다. 시간과 체력이 남아돈다고 해서 절대 걸어갈 생각은 안 하는 게 좋다. 남미에서 '위험하다'고 하는 일들은 정말 위험한 일이기 때문에, 유럽에서의 소매치기 정도로 생각하지 않는 게 안전하다.

구불구불한 언덕길을 밴을 타고 올라가는데 안개가 심했다. 이렇게 안개가 심해서 뭐가 보일까 싶었는데, 정말 하나도 안 보였다! 심지어 예수상 바로 코앞에 내가 서 있었는데, 예수상이 보이지 않았다. 예수상뿐만 아니라, 언덕 위에서 바라보는 도시의 모습이 그렇게나 아름답다고 가이드북이 말하고 있었지만, 전혀 보이지 않았다. '신이시여, 왜 저희를 이곳으로 이끄셨으면서, 이런 안개를 주시나이까.'

전 세계에서 모여든 사람들은 안개 앞에서 아쉬운 대로 사진을 찍기 시작했고, 특히 '한국'에서 온 우리들과 함께 찍고 싶어 하는 사람들과 사진도 찍었다. 감기 기운에 안개까지, 전의를 상실한 나는 공원 입구에서 일행들을 기다렸다. 일행들은 뒤늦게 도착해 싱글벙글 웃으며 내가 내려간 사이 잠시 안개가 걷혀 사진을 찍었다며 보여줬다. 그 사진도 그다지 또렷하게 나오진 않았지만 상대적인 우위는 짧은 행복감을 안겨주는 법. 나와 숨바꼭질을 즐기는 듯한 예수상을 이렇게 잠시 뵙고 언덕을 내려왔다.

얼굴 보기 힘든 그 분, 리우 예수상

내가 없을 때 조금 얼굴을 보여주신 그분

그 곳에서 내려다본 리우 시내

언덕을 내려오는 길에 셀라론 계단Escadaria Selarón에 들렀다. 칠레에서 태어난 아티스트 조지 셀라론Jorge Selarón이 1990년부터 세라믹과 거울로 된 타일로 계단을 장식하기 시작해 완성한 유명한 계단이다. 60여 개국에서 직접 수집한 2천 개가 넘는 타일로 장식되어 있다. 그는 이 타일 계단을 완성하기 위해 어마어마한 양의 그림들을 팔았다고 한다. 그의 아름다운 계단에는 한국 국기가 새겨진 타일도 있어서, 한국 관광객들은 모두 그 앞에서 사진을 찍는다. 마침 우리가 갔을 때, 수학 여행을 온 학생들이 있어서 계단에서 단체사진을 찍는 여러 가지 경우의 수를 체험할 수 있었다.

우리를 안내해주는 가이드는 우리가 자기 눈에서 사라질까봐 계속 걱정했다. 절대 이 계단 위쪽으로 올라가거나 딴 길로 가지 말라는 당부를 여러 번 했다. "Dangerous!" 현지인이 이 정도 위험하다면 정말 위험한 거겠지. 실제로 밴을 타고 오가며 보는 언덕의 풍경은 무서웠다. 아마 약을 한 것 같은 남녀가 그냥 길에 시체처럼 누워 있고, 부랑자들은 초점 없는 눈으로 차를 쳐다봤다. 우리는 여행사가 태워주는 밴으로 안전한 곳으로만 안내받았고, 그 이외의 장소에는 내리지 않았다. 일행 중 누군가 내게 카메라를 들이대면 힘없이 희미하게 웃긴 했지만, 눈에 초점 없기로는 나도 만만치 않았다. 감기는 점점 절정을 향해 치닫고 있었고, 리우고 뭐고 어서 숙소에 들어가 한숨 자고 싶었다.

이것이 바로 셀라론 계단

어여쁜 소년소녀들

저어기, 태극기도 보인다.

오늘의 숙소는 집을 떠나오고나서 처음으로 호텔에서 묵기로 결정했다. 워낙 호스텔 예약하기도 어려운데다가, 하루쯤은 호사스럽게 깨끗한 호텔방에서 자고 싶어서. 리우의 야경을 볼 수 있는 슈거로프 산의 케이블카를 마지막 코스로 이제 숙소에 간다. 예전에 설탕을 제조할 때 쓰던 주조틀을 슈거로프sugarloaf라고 했는데, 그 모양과 비슷하게 생겼다고 해서 슈거로프산이라고 한다고. 과연, 전망을 보기에 정말 좋은 위치였지만, 날이 흐려서 평소에 볼 수 있는 장관의 일부만 느낄 수 있었다. 대부분은 상상 속에서 리우를 파악했지만, 아무래도 좋았다. 얼른 숙소에 가서 다리 뻗고 잘 수만 있다면. 숙소에, 무려 호텔에 가는 길에 길거리 식당에 들어가 저녁거리를 샀다.

단체 사진의 좋은 예

단체사진의 나쁜 예

친구 L은 다른 일행들과 고기를 먹으러 브라질리안 식당으로 떠났다. 난 간단히 닭고기와 콩 요리를 사서 호텔방에서 먹은 후 바로 잠들었다. 그냥 가깝길래 들어가본 식당에서 주문한 음식 치고는 맛있었다. 주문받는 종업원과 주인 아저씨는 멀뚱멀뚱 뷔페식 식당 이용법을 모르는 날 위해 손짓발짓으로 이렇게 사면 된다고 알려줬다. 특히 시커먼 콩요리가 예상 외로 맛있었는데, 찾아보니 브라질의 유명한 요리 중 하나인 '페이조아다Feijoada' 였다. 브라질 식당에서 검정콩 요리를 발견하면, 한 번 드셔보시길. 짭짤하면서도 고소해서 입맛을 돋워준다. (아파도 미각은 사라지지 않는다.) 호텔이지만 어떻게든 돈을 아끼려고 좁은 싱글 침대에서 친구 L과 부대끼며 잤지만, 무사히 감기도 안 옮기고 푹 잤다.

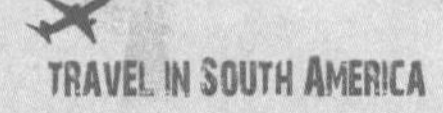

브라질 리우,
밀실 숙박 사건

다음 날 아침, 일행들은 안개와 구름 때문에 보는데 실패한 '예수상'을 다시 보기 위해 꼬르꼬바두Corcovado에 다시 한 번 가보겠다고 했다. 물론 예수상이 리우의 상징이긴 하지만, 굳이? 아침 일찍 일어나 배낭을 메고 전의를 다지는 그들을 위해 햇살이 조금 비치는 것 같기도 했으나, 그들이 떠나자마자 먹구름이 몰려왔다. 브라질에서만큼은 하느님이 게으른 자의 편에 서시는 것 같았다. 나는 호텔에서의 1박을 뒤로 하고 단체 수용소 같은 게스트 하우스 도미토리로 짐을 옮겼다. 우리를 제외한 다른 일행들이 많이 묵고 있기도 하고, 브라질 코파카바나 해변 근처에서 유일하게 방이 남는 곳이기도 해서 체크인을 했다. 호스텔월드(호스텔 예약 사이트, http://www.hostelworld.com)에서 '태어나서 이런 후진 호스텔은 처음이었어Worst hostel I've ever been' 등의 리뷰를 봤음에도 세상에는 어쩔 수 없이 가게 되는 곳도 있는 법이다. 일행들이 묵고 있는 '방'에 들어가서는 입이 딱 벌어졌다. 커다란 방에 침대가 쭉 나열되어 있는데, 총 36명이 잘 수 있는 곳이었다.

일행들은 해맑게 그렇게 나쁘지 않다며 우리를 반겼는데, 내가 그래도 고심해서 예약한 4인 도미토리를 보자 뭐가 더 나쁜지 판단이 잘 안 됐다. 4인 도미토리는 2층 침대 2개를 포개놓았는데, 그 이상의 공간은 허용하지 않고, 창문 하나도 뚫려 있지 않은 완벽한 밀실이었다. 감기에 걸려서 거의 하루종일 침대에 누워 있는 내가 여기서 죽는다면, 이건 밀실 살인이었다. 시계가 없다면 해가 뜨는지 몰라서 영원히 잠들 수도 있는 그런 밀실이었다. 창문도 없고, 습하고, 덥기까지 한 이 호스텔에 유일한 햇살 같은 존재, 선샤인은 어디서 왔는지 모르겠는 브라질 유도 선수단! 멀고 먼 브라질에도 유도 선수들이 있는지 몰랐는데, 흰색 유도복을 입고 호스텔을 어슬렁거리는 유도 선수단 때문에 호스텔에 묵는 전 세계에서 온 여자 여행자들은 엄마 미소를 지으며 괜히 복도를 어슬렁거렸다. 방 안에는 어슬렁거릴 공간 자체가 없기도 했다.

태어나서 처음 보는 후진 호스텔에 동네 목욕탕 냉탕만 한 수영장이 있었는데, 그 좁은 수영장에서 여자들은 굳이 비키니를 입고, 남자들은 웃통을 벗고 헤엄치고 놀았다. 청춘 남녀의 아름다운 한 시절은 밀실 살인이 일어날 것 같은 곳에서도 빛나는 법이다. 나? 나는 침대에 누워 습해서 에어컨은 틀고, 추워서 이불은 덮고 끙끙 앓고 있었다. (이 무서운 호스텔의 이름은 Hercus Hostel이다. 리우에 방이 없다면, 당신도 어쩔 수 없겠지. 여자라면 유도 선수단이, 남자라면 비치발리볼팀이 함께하길 바란다.) 어느새 꼬르꼬바두에 다녀온 일행들이 이 호스텔로 돌아왔다. 친구 L에게 호스텔의 수많은 단점과 유일한 장점을 소개하고 밖으로 나섰다. 아, 일행들이 예수상을 볼 수 있었냐고? 그나마 조금 비치던 햇살이 꼬르꼬바도 언덕을 올라갈 즈음에는 잿빛 하늘로 변해 또다시 아무것도 볼 수 없었다고 한다.

이과수 폭포 브라질 사이드, 예수상 모두 브라질 날씨에게 패배한 일행들을 다독여서 바다로 나갔다. 무려 코파카바나, 이파네마 해변이 걸어서 갈 수 있는 거리에 있었다. 먹구름이 잔뜩 낀 날씨여서 사람들은 거의 찾아볼 수 없었는데, 모래사장에서 축구하는 아이들이 있었다. 모래사장에서도 이 정도니까, 브라질 축구가 유명하구나. 축구공 하나로 남자들이 하나가 되는 모습을 뒤로 한 채, 나와 친구 L은 옷가게도 들러보고, 하바이아나스 가게에도 들러서 신발도 사고 쇼핑 시간을 가졌다. 저녁을 먹고 밤이 찾아오자, 호스텔 안은 분주해지기 시작했다.

여자 화장실에서는 온갖 미용용품이 전시되고, "저기, 나 이 마스카라 좀 써도 돼?" 같은 질문들이 오갔다. 클럽에 갈 준비를 하기 위해 여자아이들은 이 옷을 입었다 저 옷을 입었다, 드라이기로 머리를 말았다 폈다 하루 중 가장 바쁜 때를 보냈다. 그런 와중에도 한 미소녀는 우리 일행 중 미남약사에게 클럽에 같이 가지 않겠냐고 한마디 건넸다. 나중에 들은 얘기지만 우물쭈물 하는 사이에 미소녀는 클럽에 가버렸고, 미남약사는 두고두고 후회했다고. 여기서 얻은 교훈은 미남은 어딜 가나 미남이라는 슬픈 진실! 클럽에 가는 사람들, 밤에 열리는 마켓에 가는 사람들이 우루루 빠져나가고, 나는 또 에어컨을 틀고 이불을 덮고 침대에서 콜록거렸다. 그러다 주스 파는 가게에 가서 아사이베리 주스를 마시고 숙소로 돌아왔다.

숙소의 또 하나의 장점은 코파카바나 해변에 걸어갈 수 있을 거리에 있다는 거다. 관광객도 많고 비교적 안전한 지역인 코파카바나 지역의 동네 선술집에서는 시끌벅적 모두가 주말을 즐기고 있었다. 4인 도미토리에 나와 친구 L이 각각 2층 침대의 1층을 차지하고 있었고, 2층은 영어 액센트가 귀여운 커플이 쓰고 있었는데, 잠들 때까지 커플은 보이지 않았다. 아침에 일어나니, 커플이 곤히 시체처럼 자고 있었다.

TRAVEL IN SOUTH AMERICA

감기에 걸려도 이파네마는 아름답고

아침에 일어나서 전혀 알 수 없는 일 중 하나는 바로 오늘의 날씨였다. 과연 해가 뜰 것인가? 우리가 코파카바나와 이파네마 해변의 진수를 맛볼 수 있을 것인가. 다행히 비가 내리지 않고, 먹구름도 있긴 했지만 나쁘지 않았다. 브라질에 온 이후로 그나마 가장 좋은 날씨였다. 동네 주민들도 그걸 알았는지 모두 해변으로 놀러 나온 모양이었다. 비치 발리볼을 하는 사람들, 태닝을 하는 사람들, 족구 같은 운동Foot Volley을 하는 사람들 등등 어제는 볼 수 없었던 많은 사람을 만날 수 있었다. '브라질리언'이란 단어에서 항상 떠올리게 되는, 활기차고 건강하고 육감적인 몸을 가진 사람들이었다.

나에게는 아직 긴 팔을 입고 싶은 날씨인데, 모두들 비키니만 입거나 웃통을 벗고 물에 뛰어든다. 공을 던지고, 넘어지고, 꺄르르 웃는다. 하느님은 왜 브라질에만 이런 자연을 몰아서 주신 걸까. 세상은 불공평으로 가득 차 있지만, 이건 정말 엄청난 특혜다. 이런 세계인들의 불평(?)을 잘 알고 있는지 가이드북Frommer's에 따르면, 브라질에는 이런 농담이 있다고 한다. 이 세계를 하느님이 창조하실 때, 그걸 지켜보던 대천사가 하느님이 특별히 편애하는 지역이 있다는 걸 눈치채고 질문을 던졌다.

"하느님, 당신은 브라질에 모든 걸 줬어요. 브라질은 가장 긴 해변, 가장 넓은 강, 가장 큰 숲, 최고의 토양을 가지고 있어요. 날씨는 항상 맑고 따뜻하죠. 게다가 홍수, 허리케인, 어떤 자연 재해도 없어요. 이건 좀 불공평하다고 생각하지 않나요?"

그랬더니 하느님은 이렇게 대답했다.

"아, 내가 어떤 인간들을 그곳에 뒀는지 지켜보고 얘기하게."

브라질리언들이 그런 불공평을 상쇄할 만큼의 특징을 가졌는지는 잘 모르겠지만, 대천사가 염려할 정도로 특혜를 받은 지역임은 분명하다.

해변의 활기찬 사람들을 지나쳐 시장도 구경하고, 숙소로 돌아가는 길에 대장에게 추천받은 야끼소바집에 들렀다. 야끼소바? 남미에서 파스타 실패 경험을 그렇게 많이 축적하고도 면요리, 그것도 일본 면요리를 시킬 만큼 어리석지 않다고 생각했다. 그런데 대장 설명에 따르면, 브라질은 일본에서 이민 간 인구가 가장 많은 나라라고 한다. 1908년도부터 이민

이파네마 해변의 풍경들.

이파네마 해변.
리우에서는 남녀노소 함께 게임을 즐긴다.

서비스 컷.
역시 이파네마 해변에서

이파네마 해변 근처 벼룩시장 풍경

이 시작되어, 이민 역사가 100년이 넘는다고 한다. 그래서 일본 음식이 발전했고, 야끼소바집이 코너마다 있는 거라고. 몰랐던 사실이었다. 대장이 추천한 야끼소바집에서 이것저것 시켜보았다. 과연, 정말 맛있었다! 미국이나 캐나다에서 파는 중국식 야끼소바와도 전혀 달랐다.

야끼소바를 먹고, 숙소에 돌아와 우리의 마지막 행선지, 빠라찌로 향하는 버스를 탔다.

의심을 가져서 미안.
코파카바나의 야끼소바님

PARATY

TRAVEL IN SOUTH AMERICA

빠라찌, 작고 평화로운

빠라찌는 전형적인 관광 도시다. 아름다운 도시에 관광객들이 원하는 것들만 갖추어져 있다. 여러가지 투어들, 아름다운 가게들 그리고 그 가게에서 파는 여러 기념품들. 울퉁불퉁한 돌바닥을 자연스럽게 걷다 보면, 어느새 바다가 나온다. 이 아름다운 동네에 밤에 도착하자마자, 우리가 한 일은 저녁을 먹는 것!

숙소를 나오자마자 보이는 패스트푸드 햄버거 가게에 이미 마음을 빼앗긴 나는 패스트푸드로 메뉴를 정한다. 그래도 이곳 요리를 먹고 싶은 사람들과 헤어져 나는 몇몇과 햄버거 가게에서 햄버거를 시켰다. 그런데 일반 음식점보다 전혀 싸지 않은 가격은 그렇다 치고, 맛이 없었다. 빅맥이나

남겨줘서 고마워.
친구 L이 까다롭게 선택한 메뉴들

와퍼를 기대했건만, 햄버거라고 부르기도 애매한 정체불명의 햄버거를 먹었다. 햄버거를 먹고 골목길을 돌아다니다, 친구 L이 엄청난 요리를 시켜서 먹고 있는 걸 발견하고 들어가서 남은 음식을 적극적으로 함께 먹었다.

숙소에 칵테일 바가 있어서 칵테일을 한 잔씩 마셨다. 브라질의 칵테일은 단연 '까이삐리냐Caipirinha'. '까샤사cachaça'를 베이스로 만드는 칵테일인데, 정말 맛있었다! 특히 우리 숙소의 칵테일 바에서 만드는 까이삐리냐는 그 어디에서 먹어본 까이삐리냐보다 맛이 좋았다. 널찍한 마당에 수영장도 있고, 해먹도 있고, 직원들도 친절하고, 깨끗한 이 숙소에 또 하나의 장점이 추가되었다.

아침에 일어나서 아침을 먹고, 산책을 했다. 이 사랑스러운 호스텔은 아침 식사도 사랑스러웠다. 다양한 종류의 음식과 과일들이 준비되어 있어서 흐뭇한 미소를 지으며 아침을 든든히 먹고 산책에 나섰다. 빠라찌는 산책을 좋아하지만 쉽게 길을 잃는, 나같은 여행자들을 위한 동네다. 이렇게 걸어가도 바다가 나오고, 저렇게 걸어가도 바다가 나온다. 분명 가는 길과 오는 길이 달랐던 것 같은데, 어떻게 용케 도착은 해 있다. 물론 동행이 없었다면, 아직도 빠라찌를 헤매고 있을지도 모르겠지만. 아침에 일찍 일어나 어슬렁거리고 밤에 지쳐서 일찍 자는 지나치게 모범적이며, 고령화 시대에 발맞추어가는 나의 여행 스타일은 페루에서부터 브라질까지 이어지고 있었다.

오늘은 빠라찌에서 스노쿨링 투어를 간다. 보트를 타고, 이 섬 저 섬을 돌아다니며 스노쿨링도 하고 바다에서 노는 투어. 빠라찌 항구(?)에

는 그런 투어를 즐기는 관광객들을 태우려는 보트들이 정박해 있고, 각자 인원에 맞게 보트를 타고 바다로 나간다. 나는 감기와 함께 보트에 탑승했다. 물에 들어갈 순 없겠지만, 보트 타고 바다로 멀리 나가는 건 꼭 해보고 싶었으니까. 혼자 물에 안 들어가고 갑판에 누워, 떠다니는 구름과 멀리 보이는 섬 풍경을 보고 있노라니, 너는 노를 젓거라 나는 시를 한 수 지을 테니. 한량이 된 기분이었다.

뱃사공(?)은 영어는 한마디도 못하는 멋있는 브라질 청년이었다. 그가 그의 직업과 관련된 일 중 유일하게 관심 있는 건, 아마 낚시인 듯 싶었다. 빠라찌가 낚시꾼들에게는 정말 멋진 곳이라는데, 뱃사공 님은 운전을 하면서도 통에 낚시 바늘을 매달아 끊임없이 낚시에 매진하고 있었다. 일행 중에서도 낚시를 좋아하는 친구들은 이미 뱃사공 님과 함께 낚시 바늘을 만든 것도 모자라, 특별한 장비도 없이 칼만 들고(!) 잠수해 들어가 해양 생물들을 잡아왔다. 이쯤 되니 베어그릴스들과 여행을 다니는 것이었나 싶은 경탄이 생겼다. 그들이 해양 생물들과 즐거운 시간을 보낼 때도 나는 물론 갑판에 누워 옆에 앉은 영국 커플과 이런저런 이야기를 나눴다.

이런 길들을 굽이 굽이 따라가다 보면, 바다가 나온다.

한 섬에 도착해서 이제 점심을 먹을 시간. 여기서 우리는 관광 마케팅의 진수를 만난다. 우리가 내린 섬은 단 하나의 식당을 가지고 있다. 선택권은 없다. 물론 가격은 엄청 비싸다. 물 속에서 한참 논 후라 배는 엄청 고프고, 이 섬을 나갈 수는 없고. 우리는 울며 겨자 먹기로 이것저것 음식을 시켜 먹었다. 다행히도 음식들은 하나같이 다 맛있었다. 이왕 이렇게 된 거 먹을 만큼 먹어보자며 음식을 더 추가해 마음껏 먹었다. 식사를 하고 난 후, 남자들은 해변에서 축구를 시작했다. 축구만큼 경제적인 운동이 없는 걸 브라질에서 계속 느끼게 된다. 그냥 공 하나만 있으면, 어디에서나 뛰기 시작한다. 이래서 아이나 어른이나 축구공만 있으면 바로 게임이 시작된다. 선베드에 누워 바다와 축구를 구경했다. 날씨는 점점 흐려져서 곧 비가 올 것 같다. 아니나 다를까, 돌아가는 길에는 비가 쏟아져 갑판 위에 누워 있을 수 없었다. 항상 맑고 따뜻하다는 브라질에서 비 오는 날을 이렇게 많이 체험할 수 있는 건 특권인가? 우리는 멤버 중 누군가가 비를 몰고 다니는 게 분명하다는 마녀사냥적인 결론을 내렸다. 불운의 아이콘은 우리 중 누구인 건가.

빠라찌 항구의 풍경

운전하랴 낚시하랴 바쁜 뱃사공.
저 얇은 낚싯줄로 물고기를 낚는다.

섬에 도착하면, 바로 물에 뛰어든다.

우리가 잠시 머문 섬의 풍경

이것이 바로 까이삐리냐의 베이스 까샤사

숙소로 돌아와 식사를 하고 또 '까이삐리냐 나잇'을 보냈다. 까이삐리냐는 왜 이렇게 맛있는 걸까. 감탄하는 사이 바텐더가 잠시 바뀌었는데, 맛이 확 달라졌다. 우리는 최고의 바텐더가 자리에 돌아올 때까지 기다려 까이삐리냐를 마시고, 또 마셨다. 나는 매일 일행들이 한국에서 가져온 감기약을 먹는 처지였지만, 돌아갈 날도 며칠 안 남았고, 이왕 이렇게 된 거 까이삐리냐나 실컷 마시다 가자는 심정이었다. 친구 L은 지나친 까이삐리냐 섭취로 인해 판단력을 상실하고 사람들에게 까이삐리냐를 사주기 시작했다. 이 기회에 우리는 까이삐리냐를 실컷 마시고 푹 잠들었다.

TIPS FOR TRAVEL

빠라찌에서 묵은 숙소는 Che Lagarto hostel Paraty(Rua Benina Toledo do Prado, 22, Paraty). 시설이나 분위기나 여러 가지 면에서 매우 만족스럽다.

빠라찌에서 내가 유일하게 찍은 사진.
수제 햄버거

TRAVEL IN SOUTH AMERICA

햄버거를 먹고 나는 떠나네.
남미의 마지막 날

빠라찌에서의 셋째 날. 어제처럼 푸짐하게 아침을 먹고, 다른 일행들은 '지프투어Jeep Tour'를 떠났다. 바다가 아닌 산으로 가서 계곡에서도 놀고, 까샤사(까이삐리냐의 베이스가 되는 술) 공장에도 간다고 했다. 갑판에 누워 있는 뱃놀이가 아닌 적극적으로 액티비티를 할 수 있는 컨디션이 아니어서 나는 숙소에 남기로 했다. 해먹에 누워 책도 읽고, 맛있는 것도 먹고, 혼자서 잘 놀면 되지 뭐. 햇살도 따뜻하고 해먹에 누워 흔들흔들 책도 읽고 인터넷 서핑도 하는 시간이 좋았다. 그러다가 배가 고파져서 동네 음식점을 찾아나섰다.

혼자 빠라찌에서 길을 나선 건 처음이었다. 일본 음식점이 있었던 걸 봐뒀기 때문에 그쪽 길로 걸어나갔다. 길치의 숙명이란 항상 자신 있게 출발해 결국 길을 잃어버리는 것. 결국 모든 길은 바다로 통한다고 자신했던 빠라찌에서 난 일본 음식점이 있던 가장 큰 길에 가는 데 실패했다. 그래도 앞으로 앞으로 자신 있게 전진하다 보니, 아메리칸 스타일 레스토랑이 나타났다. 고운 할머니 두 분이 영어로 대화를 나누며 식사 중이었다. '그래! 바로 이거야! 햄버거 먹어야지!' 머뭇머뭇 혼자 식당에 들어가 햄버거를 주문했다. 그리고 최고의 수제 햄버거를 만났다.

일행들이 돌아오자마자 혼자 레스토랑 가서 엄청 맛있는 햄버거를 먹었다고 자랑했는데, 계곡에서 엄청 즐거웠는지 모두 나를 측은한 눈빛으로 바라봤다. 계곡에서 타잔처럼 물을 건너고, 바위에서 미끄러지는 시간을 보냈다고. 내가 갔었다가는 바로 사망신고에 이를 수도 있는 위험한 수준이었다. 일행들은 실제로 경미한 상처도 얻어왔지만 스릴에 있어서는 최고였다는 평가였다. 스릴을 좋아한다면, 빠라찌에서 '지프 투어'도 경험해 보시길. 감기도 감기지만, 겁 많은 안전 제일주의자에게는 빠라찌 햄버거가 더 어울리는 투어 방법이었다.

이날 밤이 우리의 마지막 밤이었다. 정말 마지막 밤. 그간 동거동락해온 멤버들과 헤어지는 순간에 '해야 한다고' 생각하는 클리셰는 보통 이렇다. 술을 많이 마신다, 그동안 서로에게 하고 싶었던 감사의 말, 서운했던 일들을 털어놓는다, 훗날 다시 만날 날을 기약한다, 서운해하며 헤어진다.

그런 프로세스에 유독 취약한 나는 이미 마지막 밤의 그런 의례(?)가 시작될까봐 두려웠다. 물론 서운하지 않은 건 아니었다. 여행이 끝나는 것 자체가 아쉬웠고, 정도 많이 들었는데 내일부터 못 본다는 사실도 슬펐고, 이렇게 헤어지면 일 년에 한 번 볼까 말까 한 사이가 될 수도 있다는 것도 잘 알기에 안타까웠다. 그래도 평소에 잘해줬어야지 헤어질 때 눈물 흘리는 걸로 관계가 끈끈해지지 않는다고 생각하는 건조한 나의 성격 탓에 그냥 그런 자리가 겸연쩍었다. 이제 와서 감사함을 전하자면, 모두의 도움이 없이는 정말 힘든 여행이 되었을 거였다. 저질 체력에, 길치에, 건조하게 표현하는 이기적인 성격까지 모두 품어준 일행들이 있어서 무사히 빠라찌에서 엔딩을 맞이할 수 있었다. 결국 난 술자리에서 일찍 나와서 일찍 잠이 들었다.

남미에서의 정말 마지막 날. 우리는 며칠 더 브라질에 머무는 일행들에게 손을 흔들고 상파울루로 향하는 버스를 탔다. 상파울루까지 가는 동안 버스에서 잠을 못 잤던 지난 날들이 무색하게 곤히 잠이 들었다. 감기에 정신이 없으니, 잠도 쿨쿨 잘 왔다. 상파울루는 어떤 곳인지 궁금해하지도 않는 게 좋았다. 우리는 상파울루에 들어가자마자 공항에만 머물다 바로 비행기를 타야 하는 처지였다. 공항에 도착하자마자 남은 브라질 헤알real을 탈탈 털어서 마지막 저녁 식사를 했다. 그럴듯한 스시집이 있었지만, 돈이 부족해서 피자헛에서 피자 몇 조각을 사서 먹었다. 각자 탈 비행기도, 가야 할 길도 달랐다. 일행들과 마지막 인사를 나누고, 캐나다로 떠나는 비행기에 몸을 실었다. 여행이 끝날 때, 왜 허탈감과 함께 안도감이 밀려오는 걸까. 특히 이번 여행 말미에는 감기로 끙끙 앓았더니, 이제 집에 간다는 안도감이 밀려왔다.

상파울루에서 토론토로, 토론토에서 밴쿠버로, 밴쿠버에서 인천으로. 1박2일에 걸쳐서 한국으로 돌아간다. 잠이 안 올 땐 감기약이 아니라, 감기 기운이 최고인 것 같다. 그렇게 잠 못 이루던 비행기 안에서도 기침을 하고 코를 훌쩍이며 계속 잤다. 좁은 비행기 좌석에 한 자리나 두 자리씩 비는 곳이 있을 때마다 친구 L과 나는 번갈아가며 쪼그리고 누워 잠을 청했다. 그렇게 번갈아가며 기대서 잠이 드는 사이, 그동안 씩씩했던 친구 L도 감기에 걸리고 말았다. "그래도 집에 가는 길에 아픈 게 얼마나 다행이야? 난 일주일을 고생했잖니." 감기 옮긴 주제에 말은 잘한다. 밴쿠버 공항에서 드디어 고대하던 스시를 먹고, 아직 남미에 남아 있는 일행들에게 재빨리 인증샷을 보냈다. 안녕, 우리는 스시를 먹을 수 있는 나라로 왔어.

서울 우리 집에 들어오니, 엄마가 시커멓게 타서 눈이 퀭하게 들어가 기침을 콜록이는 나를 맞아주었다.

“이제 집이 좋은지 알겠지?”

“응 엄마. 집이 좋은 것은 항상 알고 있었는데, 남미가 좋은 건 이제야 알았어.”

나의 여행은 여기서 끝났다.

인천공항에서가 아니라, 우리집 현관에서.

EPILOGUE

여행에서 돌아와, 부에노스 아이레스에서 탱고를 배우기 위해 좀 더 머물렀던 언니를 만났다.

"사람들이 묻더라. 부에노스에 처음이냐고. 밀롱가에 오는 사람들마다 모두 나에게 그걸 묻는 거야. 나같이 먼 한국에서 온 사람이 당연히 처음이지, 부에노스에 몇 번씩 오겠어? 하는 마음에서 왜 그걸 계속 묻냐고, 당연히 처음이지 않겠냐고 했지. 그랬더니 홍콩에서 온 여자가 웃으며 말했어. 넌 지금이 처음이지만 부에노스는 여러 번 오게 될 거야. 난 처음에는 한 달, 두 번째는 6개월, 지금은 3개월 동안 부에노스에 머물고 있어. 지금은 시작에 불과해."

"와, 언니. 또 갈 거예요?"

"그렇게 되겠지? 부에노스에 '한 번만' 가는 사람은 없으니까."

나도 남미에 '한 번만' 가게 되지는 않을 것 같다. 나의 첫 번째 남미 여행은 이렇게 끝났다.

아, 이제 남미에 가야겠다

초판 1쇄 발행 2013년 11월 25일

지은이 정현정
사진제공 이민얼
펴낸이 이지은 **펴낸곳** 팜파스
진행 이진아 **편집** 정은아
디자인 조성미 **마케팅** 정우룡
인쇄 (주)미광원색사

출판등록 2002년 12월 30일 제 10-2536호
주소 서울시 마포구 서교동 404-26 팜파스빌딩 2층
대표전화 02-335-3681 **팩스** 02-335-3743
홈페이지 www.pampasbook.com | blog.naver.com/pampasbook
이메일 pampas@pampasbook.com

값 13,000원
ISBN 978-89-98537-30-2 (03810)

이 도서의 국립중앙도서관 출판시도서목록(CIP)은 서지정보유통지원시스템 홈페이지(http://seoji.nl.go.kr)와 국가자료공동목록시스템(http://www.nl.go.kr/kolisnet)에서 이용하실 수 있습니다.(CIP제어번호: CIP 2013023060)